2016
中国高校文学作品排行榜

诗歌卷

中国高校文学作品征集评审委员会/选编　冰峰/主编

中国出版集团　现代出版社

图书在版编目（CIP）数据

2016中国高校文学作品排行榜．诗歌卷 / 中国高校文学作品征集评审委员会选编；冰峰主编．—北京：现代出版社，2018.10

ISBN 978-7-5143-6901-4

Ⅰ.① 2…　Ⅱ.①中…　②冰…　Ⅲ.①中国文学—当代文学—当代—作品综合集 ②诗集—中国—当代　Ⅳ.① I217.1

中国版本图书馆 CIP 数据核字（2018）第 203958 号

2016中国高校文学作品排行榜·诗歌卷

主　　编　冰　峰
选　　编　中国高校文学作品征集评审委员会
责任编辑　曾雪梅
出版发行　现代出版社
地　　址　北京市安定门外安华里504号
邮政编码　100011
电　　话　010-64267325　010-64245264（兼传真）
网　　址　www.1980xd.com
电子邮箱　xiandai@cnpitc.com.cn
印　　刷　三河市宏盛印务有限公司
开　　本　710 mm × 1000 mm　1/16
印　　张　20.25
字　　数　350千字
版　　次　2018年10月第1版　2018年10月第1次印刷
书　　号　ISBN 978-7-5143-6901-4
定　　价　39.80元

第七届“包商银行杯”全国高校文学作品征集、评奖、出版活动

总策划 赵 智 李镇西
策 划 金 岩 庞俭克 张清华 谭五昌

组织委员会

主 任 赵 智 李镇西
副主任 李献平 金 岩 王慧萍 魏占元 庞俭克
成 员 陈亚美 谭五昌 臧 棣 陆 健 蒋守法 刘 鑫
魏丽峰 张大群 彭 莎 刘 颖 安 琪 梁 翔
赵俊义 赵文轩 刘不伟 陈 龙

评审委员会

小说评委

梁鸿鹰　《文艺报》总编辑
王　山　《中国作家》主编
邱华栋　鲁迅文学院常务副院长
郑　子　中央新影集团微电影发展中心主任
付秀莹　《长篇小说》选刊主编
安　琪　作家网总编室主任
刘不伟　作家网媒体部主任

散文评委

张清华　北京师范大学文学院副院长
梁海春　中国现代文学馆副馆长
杨晓升　《北京文学》社长兼执行主编
刘玉龙　《亚洲微电影》杂志常务副主编
方　文　《中国作家》编辑部主任
陈亚美　作家网副总编
张大群　作家网图书出版部主任

诗歌评委

高洪波　全国政协委员、中国作家协会副主席
叶延滨　中国作家协会诗歌委员会主任
吴思敬　《诗探索》主编、原首都师范大学文学院院长
姜念光　《解放军文艺》主编
谷　禾　《十月》诗歌编辑
臧　棣　北京大学教授
霍俊明　中国作家协会创研部研究员

目　录

在第六届全国高校征文颁奖会议上的讲话（代序）

冰　峰

首先，感谢今天到会的各位领导、老师、同学和文学界的朋友们，感谢你们在百忙之中抽出时间来参加我们的会议，支持我们的高校文学活动。

中国高校文学作品征集、评奖、出版活动于2010年9月18日启动以来，累计收到来稿50多万篇，活动受到了各方面的关注，活动成果被数百家媒体大篇幅报道，大家可以在网上看到这些消息。

高校征文活动编辑的《中国高校文学作品排行榜》已经出版24卷，门口就有这套书的展示，大家可以看到。这套书除了在各大书店、网店销售，我们还分别向国家图书馆和全国各高校图书室、文学社团进行了捐赠。

可以说，在大学校园里，我们的活动是最具影响力的文学活动。有几点感受我很想在这里谈谈。

一、对于大学生来说，我们的奖是雪中送炭的奖

纵观当今之文坛，可谓奖项林立，旗号纷争，但仔细看去，这些文学奖项，关注的大多是已经成名或即将成名的作家。至于躲在校园里萌发文学青梦的学生，则与这些奖项毫无关系。

其实，人生的第一次是珍贵的，第一次恋爱，第一次写作，第一次投稿，第一次发表……第一次获奖，这是一个人生命中最闪光的东西。而我们却忽视了这种美好，现在看到的，文学界和政府部门所设立的奖项，所举办的文学活动，都是为那些已经成名的作家设立和举办的。我们喊了多少年"文学走进校园，培养文学新人"的口号，实现了吗？文学新人培养出来了吗？

今天我敢这样说，"包商银行杯"全国高校征文这个奖就是为那些刚刚萌动写作热情的同学设立的，我们要让他们发表作品，拿到奖金，走上文学舞台。我们的奖金虽然不高，但对学生来说，也是一笔可观的收入。

所以说，我们所举办的高校文学活动，不是为作家们锦上添花，而是为那些刚

刚起步的、还不能独立行走的文学孩子们，以扶持的方式送去一点力量，一份关怀，一丝鼓励。

二、我们的奖是纯洁、干净的奖

这些年，我们不断听到诟病评奖的消息。什么“跑奖”呀，“评委徇私”呀，等等。我觉得这些都很正常，因为评奖捆绑了太多利益。一次获奖，省里接着奖，市里接着奖，县里还要奖，获一次国家级奖，除了名誉、名望的收获，光奖金就可以拿到几十万元，甚至几百万元。在利益的捆绑之下，评奖能不变形吗？

我们再看看评奖程序，有些文学奖项的参评作品，都是署名的、发表过的，作者名字无法隐藏或遮盖。评委又是文学圈子里的人，对每位作家又很“熟悉”。即使没有行贿重礼，但平时的交情和对作者或友善或憎恶的评价不可能不放在评委的天平上，这些额外的“分量”能不让公正的天平失衡吗？

其次，我们评价一个人，总是“全面的”看，一方面的成功，往往会被误读为“这个人做什么都行”。官当得好，钱挣得多，文章也应该写得好……小说写得好，散文也应该写得好。反之亦然。如此推断，或如此戴着有色眼镜看作品，有失偏颇就成为必然。翻阅历届国家级文学奖的获奖名单，可见多数获奖者在作家群中身份显赫，这说明了什么？

如此看来，有些文学奖项的评奖与其说是在评作品，还不如说是在评作者。

我们的高校征文则不然，学生相对单纯而干净，所写作品几乎都是处女作，是人生第一次交出的文学答卷。可以想见，作者的心情是激动的，情绪是忐忑不安和诚惶诚恐的，何谈跑奖之不耻念头？再者，学生仅仅是校园里的书生，还未走入社会，也很难与评委老师搭上关系。至于跑奖的经费，那就更无从谈起了。

再就评奖程序而言，高校征文评选程序是：作品由中文系学生筛选，文学编辑初选后，隐去姓名、学校名、编号，最后经终审评委投票评出奖次。从评奖程序来看，终审评委看到的仅仅是作品文本，根本看不到文本之外的任何信息，加之学生的作品大多未曾发表，评委根本无法获知作者任何有效信息，为人情而投票之事是绝对不可能发生的。

另外，为了让参赛学生对自己的作品有一个客观的认识，我们又将评奖过程制作成视频专题，通过作家网公开播发。这样，每位参赛入围同学不仅得到了一流作家、编辑家对自己作品的把脉和指导，同时也找到了自己作品的病灶和不足，看清了自己作品的优缺点，其受益是多方面的。

当然，视频专题同样也展示了评委严谨的评审态度。看了评奖视频就会知道，评委是如何各抒己见、唇枪舌剑来评审作品的。因为评委们不知道作者是谁，只对文本说话，只说自己想说的话，没有任何顾忌。可以说，整个评奖过程，就是评委们文学观点的论辩过程。

因此说，“包商银行杯”全国高校征文的奖，是一个公正、有分量的奖。没有水分，没有任何掺杂使假之处。

所以说，高校征文的奖是纯洁、干净的奖。

三、我们的奖倡导了一种社会风气

现在的家长普遍认为，只有学习音乐、美术、影视、传媒等热门专业才能够获得社会的认可，才有可能成为明星、大腕，才有可能挣到大钱。文学是一条艰苦的、没有前途的路。我们举办高校征文活动，就是要改变社会的这种看法，倡导一种新的风气。那就是大学生写文学作品，也可以发表，也可以拿奖金，也可以出名。

莫言获奖了，曹文轩也获奖了，这让文学找到了应有的光荣。莫言、曹文轩的获奖给文学界带来了一股暖风，带来了一个文学春天，这是我们中国人期盼已久的收获。它让中国人的文学梦清晰了许多，也绚烂了许多。

既然文学界都发生了如此大的震荡，大学校园的文学热升温也就是自然而然的。莫言在北师大演讲的时候，连走廊里都坐满了学生。这样的场景，令人兴奋又鼓舞。

我们的高校征文已经成功举办六届，第七届也已经开始。我相信，有了莫言诺贝尔文学奖、曹文轩国际安徒生奖的影响和激励，有了我们高校文学征文活动的推动，我们的大学生一定会热情高涨，投身文学事业。也许，我们今天在座的某一位，就是未来国际大奖的获得者。

四、心灵的雾霾需要文学清洗

《心灵的雾霾需要文学清洗》，这是我曾在《中国高校文学作品排行榜》中所写序言的标题，里面我也写了这样一段话：放眼当下，各种各样的污染汹涌而来，我们的精神被围困！娱乐节目，网络生活，虚拟空间……冷冰冰的科技、机械像洪水猛兽般淹没了人类的生活，浪漫、情趣、自然、人性……这些美好的词汇在逐渐僵化，成为僵尸。我不知道，我们的生存环境已经被雾霾笼罩，如果我们的情感空间和精神空间也被雾霾笼罩，我们的出路将在何方？

前几天我和朋友们一起吃饭，也谈到了电子商务和微信对人性的伤害。现在我们天天抱着手机说话，对着电脑购物，人性中最美好的东西在逐渐消失，情感在钝化，生命中带有体温的人性、情感体验在消失，“清明上河图”中描绘的生活情景几乎没有了，“煮酒论英雄”的场景似乎一去不复返，我们几乎像计算机一样思考问题，像机器一样活着。

于是我想，面对这样的恐怖局面，我们的出路在何方？这个时候，我想到了“文学”。

“文学”不仅是一个美好的词汇，她更是我们心灵的家园和治愈精神疾病的良药。有她在，我们的精神就不会寂寞，不会被饿死、冻死。只要这个词汇还活着，我们人类就有希望，我们的人性就会有体温，我们的心灵家园就不会被雾霾完全吞噬。大学生是国家和社会的未来，他们灵魂深处的文学情结等待我们去发现、挖掘、引导，这是我们的责任。

文学与人生是紧密联系的，似血缘关系，她可以在我们受伤的时候疗伤，疼痛的时候镇痛，忧郁的时候打开情感的天窗。文学是心灵最有营养的食品之一，文学对人的改造和心理疾病的治疗是潜移默化、不露痕迹的……社会需要正能量，需要温暖，需要文学来唤醒我们人性的善良与正义。

总之，文学是思想、情感的载体，也是一种能力强大的程序、菌群或病毒，她会入侵人的灵魂，改造一个人，重塑一个人。一部好的文学作品，便是有益的菌群和营养;一部坏的作品，便是伤害人体的病毒。好的作品会帮助人获得健康、快乐、积极向上的心态，从而让社会和谐，人类进步。坏的作品会熏染人颓废、堕落、伤感、自暴自弃，甚至犯罪。因此，我们需要文学来救赎我们，让我们重新像人一样活着，有情感，有体温，有爽朗的笑声，有人性表达。

今天我之所以请了许多朋友、嘉宾来参加活动，主要有一个目的，就是希望大家能够关注高校征文的活动，共同为推动高校的文学事业做一些事情。我一个人的力量有限，但我相信，有在座的各位领导、老师、朋友们的共同推动，文学一定能够走进大学校园，走进大学生的情感深处。

大学生是国家的未来，是社会的未来，也是文学的未来！所以，只有大学生热爱文学，我们的国家才会有璀璨的未来，我们的明天才会晴空万里，阳光灿烂。

最后，引用习近平总书记的一段话让我们共勉。“未来中国，是一群正知，正念，正能量人的天下。真正的危机，不是金融危机，而是道德与信仰的危机。谁的福报越多，谁的能量越大。与智者为伍，与良善者同行，心怀苍生，大爱无疆。”

寻人启事（四首）

首都师范大学/喻　武

于9月17日

树叶，与屋顶的太阳能热水器
静静对视
它们是亲戚，有共同的食谱

夜里，它们需要在黑暗中
重新介绍自己

树叶忽然离开
去给树下乱停的车辆贴罚单

我迟到了一百七十亿年

想创造海
但海已经有了
想创造陆地
但陆地已经有了
天空也被设计得如此迷人

海里有鱼已经有了
地上有人已经有了

天空有飞鸟也已经迷人地有了
想创造宇宙
但宇宙已经那样地有了，而时间
时间那样地有了
这一百七十亿年
要有光也有了，踏海而来的
思念已经很有了，最邪恶的爱情竟也很有了

坐在花上听歌的孩子已经有了
跑在歌里追梦的孩子已经有了
他说听了歌花就到站
他说藏在花丛里的你的时刻已经有了

我多么想创造人类
但人类已经有了而且还学会悲伤
已经有了
我多想创造你可你已经那样地有了
你的发音有了
色彩明媚地有了
气味最婉转之处
天空如此迷人有了飞鸟有了
你骑鹅而过把我吓哭
过一百七十亿年这倔强的一秒
世界会下雨终究就有了
夜就有了
寂寞就一街一街地有了多么地有了
为什么我爱我恨我欢欣我惶然的
无聊的孤独的诗的喊的一切全都已经有了

上帝我还是来迟了一步

上帝已经有了我还是来迟了一步

寻人启事

很多年前
在一个女人的肚子里
护士捡到一个男人
就像
很多年后
路灯
在夜的腹中捡到了同一个
可是
同时
那晚的风也捡到了
长椅也捡到了
月光也捡到了
所有在场的
城市的马路和树影都捡到了
那个男的
该归谁呢？
分赃
赶快分赃
风拿走记忆
影子拿走身体
月光拿走
男性这个事实
案发现场
只剩一摊
不再流动的哭泣
无人敢捡

等待醉汉
为他放上一只空空的酒瓶

结绳记事

每见你一次，便在神经轴突上打个结
那是我记忆硕大而饱满的凸起，那是
多巴胺永久聚积之处
当祖先将古老的手掌伸入我的头颅
他们就会摸出所有的事。摸出你剃尽

蒲公英的白发，植物缤纷，将你推入
去夏我保存至今的凝睇。摸出那天下午
有鱼状的云飘过头顶，忍住了雨水。

气温想找回喷嚏，指甲和天空在交换颜色
你的名字在一个死结上，当它们顺流而下
去摸我的血管。

很久了，我利用这些缠绕的事物
思念已拉紧成体内一根多余的骨头，一生
无非是种荒凉的长度
其中有多少关于你的事，不能诉诸语言的柔软
你一件一件递给我
在身体里，我来打满绳结。

时间的秘密（六首）

洛阳师范学院／张　元

亲爱的

——写在妹妹落水遇难五年之际

她很喜欢笑，张嘴时总能看到两颗小虎牙
她也喜欢沉默，安静起来一天都不说一句话
她喜欢穿碎花裙，说那样才像个公主
她也喜欢军装，拍照时穿上倒显得有模有样
她喜欢看偶像剧，男主人公失恋时会哭得稀里哗啦
她也喜欢陪奶奶看京剧，高兴时咿咿呀呀地哼几句
她喜欢喝柠檬水，还总不忘添加几勺蜂蜜
她也喜欢热的普洱茶，因为爸爸老是说喝茶养胃
她喜欢一个人出门远行，坐车时喜欢靠窗的位置
她也喜欢一家人集体出游，天真得总像个孩子
她喜欢早晨的太阳，幻想着有天去加勒比海看日出
她也喜欢缓归的夕阳，觉得有家总是好的
她喜欢帮妈妈做饭，她喜欢陪爷爷练字
她喜欢我那顶蓝色的棒球帽
她喜欢隔壁邻居养的那只名叫阿黄的狗
对了，她还喜欢玩水
那天一个人去黄河游泳，五年了
至今都还没有回来

我所看见的美好

路途是连绵的青山，树木葱郁
看见一个小山庄散落着住户
美得让人羡慕
村口的老槐树上挂着大大的牌匾
“寻找山庄庄主”
路人皆在分析着庄主的去处
我却在想
庄主一定就在山庄里云游

纸上还乡

在我能回去的时候，一定是幸运的
就如我曾经的离开一样
充满了更深层次的意义
我已经在尘世中跋涉得太久，害怕了
那些数不清的离开与被离开
可我还是没有放弃过爱的念头
从不让时间发呆，也不让感情空白
我学不会怨天尤人，所以也从不唉声叹气
在我抓不住光阴的时候，学会了奔跑
听见时间飞驰而过时微弱的声响
总会让我很满足，满足到了幸福
我已经在不经意间失去了很多，比如回忆
只能在脑海里不停地磨损和忘记
就如很久以前，我把年少丢在了路上
后来，却怎么也找不到了
或许有天当它再现的时候，我就会看见

这些青春的影像
还在那么地，奋力成长
敏感又倔强

存　在

我给你讲述了我虚构的整个季节
那些想象着的存在
让我恐惧于世俗的美好
怕有一天突然醒来，吞不下生活的刀子
怕不能保持适当的距离
让我的现在，拥有着后来的压抑

那些纸上的字像钉子一样，虚构着欲望
怕过于美好的欲望，又给现实增加了多余的荒谬

时间的秘密

黄昏来临的时候，就有海水
被月光锈蚀
让波涛慢慢地靠近宿命
留下一半沉默的影子
与世俗保持越来越近的距离
又如跋涉已久的忧伤
在黑暗中滑过，每一寸心事
包括遗憾
都将要在天亮前开花
长出生活细微的皱纹

终将别离

如果有一天，我将要选择离去的时候
我一定是不舍的
我学不会平静地面对死亡，尘埃太重
向西的风，再也吹不走我来时的痕迹
精神反哺肉体使灵魂备受煎熬
不能回头的时候，有生之年遗憾太多
到处都是潸然泪下的故事
被世俗所牵绊的盲目再也不能产生任何阻拦

我听遍了所有的寂静，每一次喧嚣都是短暂的瞬间
我害怕寒冷的北风吹乱头发遮蔽住眼睛，看不见光线
人去楼空，不过都是一个人的过往
一切告别都只是短暂的离开
我总是无法清醒地读懂日子最简单的构造

多年以后，不知道会不会有人想起我的存在
或在某本书里，翻到我某年某月自言自语残存的诗稿
我是一个忠实的记录者，时光像笔墨一样沉重
但我的生命却一直被自己主宰，没有外界干扰
星辰把此生陪伴，路过的清风依然漫无目的
只是，请将我的骨灰抛向大海
让我随着波涛做一次免费的远行
看一看那些从未领略的风景，有多么辽阔……

来不及了（十首）

北京第二外国语学院 / 易晓倩

来不及了

来不及了
城管已经来了
卖烤串的小伙子
加快翻动着
架上的烤串
其中就有我的两串
城管等得不耐烦了
打起了哈欠
来不及了
我的两串还没有烤完
他越翻越快越翻越快
油吱吱叫着
滴下来冒起
一朵朵小火花
直到把我的两串烤完
装好
递到我手里
他才松了一口气
然后像被抓到的
罪犯一样

认了命

奶奶的祷告

主啊
我信服你　赞美你
求你赐福于我　让我
能吃能喝
走路有劲
血压不高

最后
赐福我那个
不信主的儿子
少去赌钱
赌钱不输

晒太阳

我扯起晾衣绳
把被子放到太阳底下晒
我拉开窗帘
把房间放到太阳底下晒
我搬来凳子
把自己放到太阳底下晒
我摆好姿势
把影子放到太阳底下晒
直到一面金黄，酥脆
我在思考
怎么把另一面

也翻过来
晒一晒

雪　人

太阳出来了
雪人越来越热
玻璃珠做的眼睛
滚了出来
过了不久
另一只也忍不住
掉了下来
直到化成
一摊水
地上只留下
两只玻璃眼珠
望着远方

堆它的孩子
还没有来

羞　耻

十三岁的时候
我跟母亲坐车去县城
母亲跟售票员争执说
我还是小孩子
不需要买票
售票员说不买票
就不能占座位

母亲让我坐她怀里
我高出她半个头
在全车人的注视中
又羞又臊
很快就捂出汗来
偷眼看母亲
她的脸也热得红红的

偷　拍

卖菜的大叔
躺在摇椅上睡着了
中途他突然醒过来
看有没有人偷他
摆在地上的南瓜
但他没有看到
在对面水果摊前的我
用手机
偷拍下了这一幕

光头姑姑

在客厅里聊着天
她突然一拍
光秃秃的脑门
像是记起什么
快步走到卧室
戴了一顶帽子出来
有点害羞地说
化疗化得

头发都掉光了
像个妖怪
怕吓到你们

女厕所的修理工

他在女厕所门口
喊了好几声
里面有人吗
没人回答
他走进去
我在隔壁水房
听到哗啦啦的尿声
过了一会儿
尿声停了
然后他开始
叮叮当当修理水管

字　迹

他的车很久没洗
落满了灰尘
有人在上面
歪歪扭扭地写
“该洗车了”
他并没有在意
继续开着它
在雾霾里穿行
早上下了场雨
灰尘和车上面的字

被雨水冲得干干净净
这回他不知道
雨在上面写了些什么

冤 家

过年回家
我们劝奶奶搬到一楼住
她年纪大了
上下楼不方便
奶奶不愿意
一楼卧室
是爷爷生前住的
她说怕半夜
老头子回来跟她吵架

缅　因　山

中央民族大学 / 陈钰鹏

一

快速抵港的
帆船：狗在吠，妓女
揽客，牡蛎
腐烂。快速升起的
雪山：一千个诗人等待，
一千片大海坠落。

二

鹰在暗中，船
泊得远。为了去城里
买消毒水，我们途经
囚鹰的暗室。鹰在
参禅，暗中知道
太阳自缅因山南侧
升起。我们暗中
潜逃，鹰在暗中为我们
叼起一把布鲁斯口琴。

三

从谷底
向上仰望，我们便能看到
同样的雪，它们如
尸体般堆积，同样为
一群彻夜觅食的麋鹿所见。
总有事物穿越惊悸的闪电：
风化的树、长满苔藓的石头、
瀑布之下一匹泅游并回望的
野马。

四

吉他手死去的
夜晚，姑娘找到了
失修的防波堤。不远处，
反复冲刷的海岬后面，
山村小酒馆闪红色信号灯。
鲸鱼在抵达途中，它目睹
有人以身体撞击黑暗深处的
光之礁岩。

五

白桦林间，有动物
低声读诗，让我想起丛林以外
不断退去的扇形海。

六

南部湾码头，她化了
烟熏妆。眼影的颜色，类似于
她幼年见过的某种候鸟的
羽毛。一些水手
下了船，他们领走她身旁家鸽般的
年轻女人，她们圆润，
适合做爱。那天整个下午她都站在
沙滩上，望着来来往往的
航船，回忆三十年前一位金发水手
从美国带给她的
冰镇啤酒。她想再喝一次然后
醉倒，然后在梦中拼命踮起脚，
和那队远去的候鸟
一起成为云朵。

七

山中有虚构的战事：农场主的
二儿子，捡拾一只从峡谷激流中
漂浮而出的苹果。吃掉它，他将爱上
他美丽的表姐；放它走，他将在日落前
去往异国。

八

即将降临的幻梦里，
我们喝多了，围坐在

午夜猎人提前熄灭的
炉火旁。小秦吹着口哨，
灰色的南斯拉夫流亡曲，
使我们适应此刻的沉寂。没有鼓手，我在角落里
打响指，试图和那明显拖沓的节奏
一一对应。直到
天完全暗下来的时候，
没有人再发出声音。不远处，
狼嚎。我想此刻定有一只隼
飞出木屋，向着
缅因山，它深知：
我们终将跌入眼前这堆熄灭的火中。

九

六月我一个人去海上，想将那些
有关陆地、山林的破事儿
全忘掉。船长来自
世界另一头，他的回忆
与我的出生地无关。我们捕鱼，做饭，
聊索尔仁尼琴，在穿越风暴的间隙
看海。海风讲
箭鱼的故事，令我想到
这水域之下的山，以及身体内部的
芭蕉地。旅途中，所爱的
不可见。

狭路相逢（五首）

福州大学/郑一建

禅寺行窃

木鱼太鼓，锡杖太长
没有乾坤袋，没有金刚杵
也找不到舍利子
袈裟，念珠又换不了酒钱
当晚
飞贼仅仅窃取念咒的本事

狭路相逢

赤膊卖力，装卸、皮外伤
以及炉灶令你深信不疑。遁世
多年的武力与青铜器
取自同一块黄土。据邻里
透露，你早先染上了诸多恶习，譬如
有情、有义、有心做个诗人。如今
洗心革面，恪守祖训：不必光宗
耀祖，不问功名前程，不得
背弃乡音

豹 子

豹子说，他本名叫黄云豹，遗憾的是
不像宋万，伸伸脖子就能顶到云彩
不像林冲，能把点钢矛练成第三条手臂
一闲下来，他就玩一心两用的游戏
一边徒手捕火，一边冰中取砾
他一定也用这双手，摸过真正的刀尖
否则不会兴奋不已："没想到，一块玻璃
还能让我心惊肉跳。"豹子千虑
有得，亦有失，失在街边烧烤摊
当着一对母子，泄露掌中油光
大庄村流传的说法是：谁先攒足了苦
谁就先回归土地。他一口咬定
我跟他一样，都将是长命百岁的叛徒

酒 话

减一年寿命
不要金玉满堂，不要金风玉露
也不用给我露露的爱情。长期疏于
上树翻墙的人，还能要求什么
像你说的：藐视雷霆甚于作恶多端
我不再食指朝上，不再与人争辩
我的身世与酒有关。我吃肉
发火、想女人，但好歹是
渴望鸡爪钉的赤脚步兵中
最后穿鞋的那个

集 市

越好吃，越尝不出味道。八戒的
人参果是这样，他们刚吃完的羊肉串也这样
顶着气球想象自己头戴骑士钢盔
冲出摊位帐篷结果被雨水射中耳朵

在一个古玩摊位，小贩在抽一支七匹狼
眼看着孩子中的领袖，被母亲卸下武器
答应不再把棍子当刀枪使，商量着
继续拿床单当披风用

凉（十首）

暨南大学/叶由疆

暮　色

铺天盖地的夜会一拥而上，在田野中围住我。
晚风把小鸡炖蘑菇的色泽，吹得有些瘦。
每天，当所有的蜡烛都饿醒了，
老牛会杵在我的记忆旁，将尚在吃草的小牛唤回来。

但我不会听见有谁叫我回家，我听见嘹亮的暮色。

汽笛声在校门外此起彼伏，我听着
光孝寺的钟将尘世的光阴在一个傍晚全部敲碎。
我想在熙熙攘攘的人群中揪出我自己，
像蝈蝈跳上吧台，点一杯“空山新雨后”。
我常常发呆，或者逃，或者咬一根草，
一根柔软的青草是水泥地上最孱弱多病的孩子，

可如今我逃得再远，鞋底也不会再沾上哪怕一块泥。
更不会再有回路。
我只能一个人深爱这含糊的暮色，
一个人在天台搁浅，
看着城市的最边缘裂开一道小小的伤口，
狭长得像我第一个爱过的姑娘。

她知道

她知道一推开门北方的风就会钻进袖口
她知道一推开门就会爬满目光
像这样的冬天，这样的太阳的荒芜的脸
这样的油菜花田里的麦色的鞋
这样的拖拉机上的乱发的女人，这样的玻璃窗
这样的车来车往的贫瘠的马路中央
她舔一舔起皮的空旷的唇
她知道恭谨有恭谨的样子
放荡有放荡的来由

在一个冬天的早晨老去

晴天要生着吃才好
就着雪，就着炭火
像将一碗旧汤圆囫囵吞下
没吃出些什么，也有些滋味

日光正暖的时候，我不小心打了个盹儿
醒来，却发现自己已然老去
桌上安静地睡着一把梳子
还有一封尚未写完的信

坐在周围的人我一个都不认识
我想起许多年前那个冬天的清晨
我烤的红薯还没翻出来
屋子里没人，一只鸟在檐下停过

但我想不起写过什么样的信
也想不起怎样梳过从前的日子

凉

凉，一窗尘色的光进入一间老屋子，一个旧朋友
瓶子空在了很远的地方
即便那里没有秋天，解衣的时候会觉得暖
一盆温热的灰足以让飘忽不定的记忆纷至沓来
稍不留神，就葬掉了侥幸生还的干硬的脸，还有那长久以来熙熙攘攘的生性凉薄

有梦的人

是一个有梦的人吗红叶
易碎了整片荒芜的大地
吗火车撞倒了烟雾和栅
栏吗真的真的不去看看
跌落的雨滴击打跌落的
伞吗真的真的你是个有
梦的人吗老师不会开心
的你把春夏秋冬当作爱
人和往事把书和真理当
作墨镜和厕纸老师不会
开心的是个有梦的人吗

远方的眼睛

远方的眼睛看得我碗里的青菜有些发凉
我小心翼翼地从一页活到了下一页

又胆战心惊地从春天过到了秋天

在你的嗔怒里

你的眼里温了两朵水做的梨花
站在你的嗔怒里
像站在早春的窄桥上淋了一身轻轻的雨

健　忘

在渡鸦归巢前，我从坟堆里爬了出来
一瘸一拐地，像来自一口封上了石盖的老井
在落叶上蹭掉了些碎屑
我的健忘连黑夜都恐惧
那时，一只胳膊抓住了桃树湿滑的枝
另一只胳膊却从塑料袋里掏出了一些磨手的过往
他惊奇地发现自己从未真正拥有过它们
正如我苍白的嘴唇也消费不了那些行色匆匆的影子

猛地推开窗，沸如烟海的大街突然异常的冬季
那些陌生的脸上写满了惊慌失措，还爬满了日光

午　后

牧羊人赶着一群蝴蝶从海滩经过
一串长长的脚印离远了又折回来
一只笨虫从叶子上跌到了草丛里
无聊的午后她给我讲了一些轻轻的笑话
接着，让我听了一些
从树上长出来的曲子

你听，你唱
你听，你唱嘛
风有些凉了，落日被她捧到了掌心
而我的眼睛把她的眼睛拍下来
那时涨起的潮水刚好漫到我的屋前
我把海洋送给天空的戒指捡起
一点一点凑近她的耳边
她说她听见了八十年后的事
你老了，不唱了
你的咳嗽像午夜的风
哎哟
你像爱着黄昏那样爱我

通往天台的门

梦中的诗在清醒的刹那失掉大半
不见的快乐像奶奶老掉的牙

通往天台的门被楼顶的风声
长年累月地锁住

他们把门锁住，轻而易举地
锁住了啤酒、刺激和危险
也锁住了好不容易下班的星
空，和相会中的浪漫

在一家咖啡馆的墙壁上看到的电影海报（八首）

北京师范大学 / 吴雨伦

记一场未完成的世纪大战

小组赛最后一场
我们和对手
为争夺一个出线名额
来到球场
我们很早就到了
因为气氛如此紧张
没人睡得了午觉

那天天雷滚滚
电闪雷鸣
大风卷起黄沙
暴雨随时到来
雷公电母的呐喊
如果他们也是球迷
我的队友们似乎也这么看
他们挽了挽裤腿
准备着一场雨战

暴雨来了
但是裁判却没有来

明文规定：裁判不得打伞
最后我们和对手踢了场友谊赛
把这当成雷公电母的献祭

在一家咖啡馆的墙壁上看到的电影海报

罗马
被写在一个女人的裙摆上
顶天立地的健壮女人
脸颊泛红
双手掐腰
黑色上衣
身材占满整张海报
只露出一点暗红色的天空
和黑色的云
眼睛装下整个意大利
导演把名字写在她的胸上

冬日旅人

啊
冬天真冷
尽管阳光明媚
蔚蓝漫天
树上的乌鸦
依旧在瑟瑟发抖
痛苦地盯着
过往行人
野猫和它的情人们
在大风里

凄厉地嘶喊
在冬天
如同无数只冰凉的老鼠
钻入我的衣袖

冬天真冷
真的
阳光也变得寒冷刺骨
像是一把生锈的剑

无　题

我要像赞美人民一样
赞美人民的高铁
火车头

在大雪降临
漆黑
极寒之夜里
从远处驶来
巨大轰鸣
像一头被点燃的
发情的公牛
愤怒叫喊

五月十四日梦

我与一支登山队
几天的跋涉
即将登上大山之巅

在胜利之前的
最后一面山坡下
太阳出现在山头的正上方
天空一片湛蓝
土地被照成金黄色
那真是一片极美之景
我拿起脖子下的相机
对准那轮红日
企图拍下点什么

可太阳突然熄灭
像一盏灯
天空也变成了黑夜
山头只剩下轮廓

五月二十二号的梦

大厦内
透过窗户
黑夜里的无数高楼
在灯光的衬托下
放射着金属的色泽
和玻璃的白光
以及用它们巨人般的轮廓
遮住天际
挡住地平线

这时
一个骑着扫把的女巫从天而降
身着紫袍

她的扫把后面用绳子
拖拽着满是坑洞的
白灰色亮光的
月球
在楼宇间飞行
月球把大楼拦腰砸断
像“9·11”那样
玻璃碎裂的清脆声音响彻全城

在满洲里海关大楼上看到的俄罗斯

毫无俄罗斯痕迹
那个陀思妥耶夫斯基的故乡
苏维埃帝国的后尘
在漫长的中俄边界的对面
黄种人和白种人看守的海关之外
是一望无际的草原
和毫无生机的城市
也无任何军事情报可言
大街上空无一人
只有一辆卡车开动
司机可能是一位俄国人
在国境线的另一边
——在我的身后
无数游客涌向边境线
众多山寨俄式建筑拔地而起
颜色亮丽
俄餐馆的厨师们
尽情施展他们的模仿工艺
来自俄国的年轻服务员们

把中国人做的俄餐
端给客人
一个巨大的套娃在城市中矗立
臃肿的身躯在朝向俄罗斯
面带微笑

在广州的街道上

广州的街道上热闹非凡
在叶问打斗的粤式屋檐下
古代文明与现代文明交相辉映
汽车鸣笛声　商店广播声　路人交谈的声音　鞋跟叩击水泥路的声音
大雨的声音　汽车划过水潭的声音　大楼建设的杂音　切割金属的声音　机器砸开地表钻头撕裂岩石　推土机零件的运作　卡车的轰鸣
我们所做的一切都是在低声耳语

他们这一年（三首）

重庆大学 / 左　手

在小学校园拜佛

过年从山城赶回家，发现勒石小学整个已经托生为寺庙
名曰：转龙寺，歇山式大礼堂化作大雄宝殿
供奉释迦牟尼，我跪在稻秸蒲团上叩三个响头
虔诚礼拜童年，十五年前掷铁球的操场拔净野草
站着一个兽纹铜香炉，三支硕大且漫长的香
吐露青烟，控制着时辰
废弃的杉木国旗杆安着崭新的天线
为孤苦打坐的守寺人接收着宇宙传递的图像与声音
我所就读的幼儿园、一年级、二年级、三年级、四年级
教室，依次排开，装修素净
入住着文殊菩萨，观音菩萨，弥勒佛，地藏王，八大金刚
如今，教过我的小学老师
有两位调到市里，一位在镇上集市贩卖水果
一位路过我家门口，我递过一个酸毛桃，他高兴了半日

二　娘

送完孙子孙女上学，家里空了
一点点声音也没有，阳台那盆茶花
等了八年都没有替人开一次瞧瞧

每天忙的事都一样，这一天
才刚刚开始，昨天早已经把今天活过了
一坐下来就爱打瞌睡
这套一百二十三平米的电梯公寓房
她走来走去，也养不活，一垅白菜
年月经不起摧残，她终究回不去了
也记不清锄头的手感，稗子的脾性
人们都说，儿子能干，媳妇孝顺
她在城里享尽清福，她就笑了
这就是从前那日盼夜盼，如今终于熬出头来的日子呀
成天独守空牢，消磨自由
最多在小区超市门口，晃悠一下
心想跟那位年纪轻轻的女营业员
聊聊这座城市到底怎么了，大清早
社区公园空荡荡，一只鸟也没有
一个人也没有，有几次
话到嘴边，又生生吞了回去——
你没有买人家东西怎好跟别人讲话呢

他们这一年

社区老人聚拢起来，三个，五个，不能再多了
去冬，福利社的维克多·雨果
不打招呼，就一个人悻悻辞别
托尔斯泰和鲁迅前后脚刚走，春天就复活了
然后是夏天，那条叫巴克的哈士奇
老得掉光牙齿，也随着杰克·伦敦一去不复还
这些老伙计走后，退休的中学语文老师
王大爷，给他们都取了一个大师的名字
用镀金的世界名著，怀念多灾多难的二十世纪

如今，城市习惯略过秋季，直抵初冬
三个，五个社区老人，清晨聚在金色银杏树下
练习华尔兹舞曲，大爷凑齐的人数
总比大娘少，女人们只好相互为伴
怀抱，转圈，随着小提琴节奏
抖动三寸莲花小脚，今冬，天气格外暖和
太阳照得人昏昏欲睡，睡梦中经常碰见
老家叔伯正给祖父母预备棺材
就搁置在猪圈隔层上，他们那时候还小
没想到自己八十年后，终究选择
用一把火，而非一把土，回馈母亲

十三岁（七首）

华南师范大学/黄燕花

十三岁

只是过了五年
我的胸部已经膨胀
腰肢已经纤细
脑袋已经灵光
可是别人问我年龄
我脱口而出，十三
母亲您知道吗
我最喜欢十三岁了
十三岁不会有人灌我喝酒
十三岁不会有人盯着我看
十三岁不会有这么多要扛
更重要的是
十三岁那年您还快乐健康

传　销

哥哥想去武汉工作
那儿有朋友有机会
妈妈舍不得哥哥
妈妈好不容易找到一个理由

传销
妈妈不给哥哥走
哪怕那人天天和哥哥玩游戏
哪怕那人总唱歌给哥哥听
哪怕那人被哥哥叫小弟
妈妈还是死死地认定
这，就是传销
只要把她儿子带离她身边的
都不是好东西
传销也不是好东西
所以那就是传销
妈妈天天和哥哥说传销多可怕
大姨还说她家那边有好几个人
都进了传销
传销传销，会洗脑的传销
妈妈一直念叨着
哥哥还是被洗脑了
哥哥决定不去武汉了

看门狗

我不是一个骑士
更不是一位王子
我是一个坚守职责的看门狗
不谄媚不阿谀奉承
只直勾勾地盯着
只张大了嘴吼

有的人继续走
我会冲上前咬烂他邪恶的念头

于是你孤寂了很久
叹息悠悠
门外的人在逗留
门内的人在等候
门边的我在看守

可是有一天
你拿铁链锁住了狗
我拦不住他，他进去溜溜
门内笑声，劈天碎地
你在笑，笑得日月颤抖
他在笑，笑得江河逆流
我在门边狂吠，声音震天，口水飞流
我不是一只宠物
更不是一个玩偶
我是一个看你心门的狗
永生永世，不得入内停留
还要心甘情愿在门边守候

听 说

听说，风是多情的
风对青草们呢喃
青草们羞红了脸低下了头后
牛羊们便抬起头享受着风的爱抚
哞哞，咩咩
听说，泪是多余的
泪从眼睛里流出
眼睛舍不得它想关门留住它
大地却理所当然地拥有它的沁入

啪啪，咻咻
听说，你是多余的
你对我说一生一世
我羞红了脸低下了头后
他早已享用着我的照顾
轻轻，松松
听说，我是多情的
我向爱人们许诺
除非鸟儿游泳鱼儿跑步太阳熄灭
你昂起头就给我全部
我
惭惭，愧愧

日记本

我有一本日记本
记录着每天的喜怒哀愁
写完就撕下来擦手
它是我最忠实的挚友
它永远都不能说话
它永远都不能行走
它只能任我书写
可我还是不敢把某些羞耻事
如实写在上头
因为我害怕它会看不起我
我甚至都不敢让文字停留
因为我害怕那些文字
会成群结队地也看不起我

方　向

我们必须要很慎重
很慎重地选择方向
东南西北，云空地海
本质都是灵魂
鬼归地，神升天
我选择了有你的方向
请你一定一定
一定要抓住我
在我们伸手就能握住的时候
不然我会路过天堂
走向地狱

赏　赐

阳光穿过你到达我身上
让我觉得这是你的奖赏
平日的阳光只会让我躲藏
而你赐的阳光成了我的宝藏
你的身躯多么厉害呀
能遮风挡雨也能泄阳光
只是啊
这日子一天天过去
我一天天地长
你一天天地老
以后，你瘦弱的身躯就负责晒太阳补钙
我负责遮风挡雨

某一日（六首）

湖南大学 / 高　璨

某一日

某一日我醒来
光线已经六分熟了
密匝匝的
戳破还未扬长而去的梦

我继续制作陶器
接着昨日的
昨日的陶泥　昨日的水
还在拉坯机上
双手泥泞我
像在转动自己的日子

这不是我最初想制成的样子
或许在中途我窥到更优的轮廓

叫卖的人不卖水
我喝火
伸出手来他问我　要不要冰
我低头在陶器上重重地
戳了洞

这容器成型时不装水
住风和它的歌吧

不是埙　它只是
我的某一日
陈列在玻璃橱窗里　陶器
和陶器相似

只是遇到你的那一天
它制成了一个乐器

我是雨

把水的波纹含在嘴里
用鹤的喉咙歌唱

取出灯笼的火
皱褶的外衣
用纸的方式放生

小路卷起鞋跟
去尖尖小塔没有路了

有落日的灰烬在鸟的绒毛中
腐蚀夜的声带

涨潮时他们打开门
又关上

流泪之处请留下住址

伤心的人儿要认得家

那些喧哗的伞
没有一把是我的
我是雨
太阳低垂的眼睑

流浪的歌手啊不要再歌唱
路灯和今晚的月
被你放进吉他
那些喝着泪流着酒的旅人
要不是因为你
早都睡了
卷进不识其味的梦

我是雨
我不知道
天让我说什么

我是个记录者
看自己
像看故事

我不希望你在树丛里叫我

我不希望你在树丛里叫我
很多浮躁的天气
太阳贴在脸上

太阳的口袋里有一把嘴唇

扔在树里
蝉就醒了

所以那些泥土上的洞
是我们连夜举着手电筒
和梅花形螺丝刀挖的
我不希望你在水里叫我
我都快忘了
小学的游泳课
涨潮的海滩
青海湖上白白的云

温泉里的草药袋子花香
温暖地　顺着手臂
流去哪里

你不要在飞鸟的翅膀里叫我
羽毛太乱　扎起头发
也听不清

你不要在洗衣粉的泡泡里叫我
广场上的　酒吧门口的　春天公园里的
也不要

风筝啄破了风
线就太长了
我的影子在肥皂泡里
消失在白衬衣领口

你最好不要叫我

风声很贵
我几乎拿不出钱财
支付青春里眉头微皱的心酸

二〇一四年十月二十七日

有时我忘了我在呼吸
像云忘了她在天上

有时我忘了太阳在亮
像星星忘了承诺愿望

有时我忘了鱼
像水忘了差遣冰凉

有时我忘了梦境
像曙光忘了林木长靴

有时我忘了沏茶
像咖啡忘了热带

有时我忘了秋深深
像棋子忘了棋盘

有时我忘了十九岁半
像九岁时忘了半岁

有时我忘了拿起
像拿起后忘了放下

有时我忘了
我还记得

高　铁

比飞机更让我觉得
自己像大地上的偷渡者
为何要走得这么快

穿过风　穿过雨
穿过江河山川
穿过平原田野
以一种近乎疯狂的速度
抵达一处苟且的目的
短暂地栖身
再　以一种近乎疯狂的速度
离开

身边的乘客多一言不发
相遇像是一种烂俗的套路
奢侈的却是
一节没有小孩哭闹的车厢
他们能将旅程嘶喊成一段
行刑前的路
我仿佛背负十字架
一路上负重不堪

冰冷的轨道
流线型的近乎完美的严肃车头
走下来一个嚼着槟榔的人

他不似驾驭者
反像钢铁之奴隶

飞驰而过村庄
吃草的牛已不再受惊
一摇头见车头
一摆尾见车尾
车窗内的我于它如灵魂闪过
我饥肠辘辘
而它嘴里的草如此香甜

再读《查拉图斯特拉如是说》

多么好，你终随你的动物，漫游完这世界。
海岸线犹如世界边界的形状，你的王国多的是歌声与舞蹈。
你挥霍了动物们采来的蜜，你用它们画了未来世界地图——
在高山和深谷之间，在浮世和天堂之间，如果有地狱，那
也是你所珍藏的一方宝藏。
多么好，你曾独身一人，现在依然如旧，
旅途中你已与所有四面八方的，与你自己的思想问候，
你曾背着尸体赶夜路，魔鬼就将留声机置于耳边，
而太阳如何会被黑暗蛊惑?
你找到了更高之人——也将他们抛弃!
多么好，你走过的一切都是桥，未来才不会这么糟。
你和你的文字起舞，两者间肯定醉了一个，
你依然无法将所有收获堆在仓库里，你与灵魂的对话，
我并没能全部听到。最终——
——最终，你回到你的思想中去了，你的文字，终给予你最温暖的怀抱，
而你最挚爱的生命，也是唯一的陪伴者，陪伴你回到，
最初开始的地方。
我始终坚信关于狮子和鸽子还有序章，也许我会在余生亲自读到。

只要找到一种喘息的机会（五首）

湖南第一师范 / 胡　游

枇杷树

枇杷树上结满了枇杷
我跳起来伸手
还差一点点
就明白了什么叫咫尺天涯
我并非想偷摘枇杷
我只是感谢秋天
感谢这棵硕果累累的枇杷树
让我有了向上的冲动

幻　觉

门外一阵脚步，传来转锁的声音
然后又恢复安静
风有时也来叩门
却没有耐心，响一两下就溜了

对面有个女人也风一样来去
只留下一种刺鼻的香气
我想打声招呼，却难以启齿
莫名的等待如剩菜一样冰凉

布达拉宫的香火

在布达拉宫前面，过道里的小商贩
在兜售五花八门的宗教纪念品
衣着朴素的藏民
朝你伸出一双双黝黑的手
加上一副小孩子的微笑

他们用眼神跟你说话
哪怕一元，一丢已经足够
等到他们手里有了一把零钱
就捐给大昭寺和布达拉宫的香火
连自己都捐给了神明与苦难

我也学会了西藏的眼神与微笑
像个小喇嘛

锁　骨

白天是亮堂堂的
每个人都是赤裸裸的
她只愿温柔地躲在衣服里

敲敲门，房间一定是空的
男人的心，一定在门外
女人的锁骨即使暴露在外
也未必是故事的线索
锁骨有时也会松动
发出转锁的声音

她只愿在黑暗里让男人抚摩
想象开门的瞬间
再把锁骨合上
钥匙握在自己手里谁也不能偷走

仓央嘉措

仓央嘉措，一个走失在青海湖的名字
连坟墓都没有留下
我们这些活着的人
都成了你的四处流浪的碑文

你不在布达拉宫享受万民崇拜
却用诗歌去寻找下一世的灵童
千里跋涉，遇到，还是遇到
遇到你的子民，遇到你的爱情
我的心跳就是你的心跳

你与旁人不同（五首）

江苏师范大学 / 黄语蝶

你与旁人不同

入夜来到无人的海滩　赤脚踩上细沙
天边一轮白月光　眼前一汪深喜的海
远处有人声和灯火　却只想隐藏在黑暗里
枯萎凋零的颜色　面无表情心中偏又柔情万丈
风尝起来太苦　尘网千千结
它把我柔声哄着　涤我以海　清我以月　佩我以风
拥抱我丑陋不堪的躯体和隐藏的残疾
原谅我曾麻木不堪与魑魅同行在恶狱
包容我踽踽吊影的歌声和笨拙的舞姿
知晓我抛弃恓恓惶惶一心来虔愿朝圣
它把我洗净
让我以清清白白的模样对它笑。
它以无声知会我："你与旁人不同。"
我来自它　来自山川湖海和日月天光
它把夜风海涛和月光磨成汁液
涂抹在邀请函里烙印在我的灵魂上
共我以期待、喜悦与共鸣。
我渺小地驻足又卑微地被时间拖走
它只凝望我，一动不动。
呜咽，

生命在蒸腾，
心软的人四分五裂。

一瞑不视

为这尘世的宏伟，
犯错者理所当然被判以极刑。
她惶恐地仰头："站出来原谅我呀。"
但是不敢。
每个人战战兢兢，拒绝未知从不破格。
我为她和我们哭，哀哀地，每天不多不少一万次。
把没有道理的眼泪，藏进莴苣，
等到冬天的时候再刨出来煮火锅。

黄昏时候突然开始下雪，
窸窸窣窣地，它说它也要过中秋节。
我想把最好的给它，
带它看看我这里月亮下街道两旁的银杏树，
和凉凉的微笑，
可是身体好碍事啊。
它把我埋好，
"没事亲爱的，熬过今夜，一起融化"。

阴惨惨的星期七

我煮好一壶热气腾腾的荞麦茶，
打开门窗，擦亮茶几，摆好果盘，
把拖鞋一双双口朝里安放在门口地毯前，
像是家里马上要来客人一样。
等到壶里的茶温了又凉，果盘也被我吃了一大半。

等到窗外天色暗了下来，哨鸽也扑棱着翅膀回家。
等到不知所思，不知所欲，
静静地似梦非梦地蜷缩着，大脑混沌着发呆，
种种悲喜，期待，怅惘，空落落地全成笑谈。
等到黑夜唤起万家灯火，
他们，我脑海中想象的那些本该来的人，
依旧杳无音讯。
接着所爱与厌倦好像突然之间一道远离。
一万个恓恓惶惶的爬行者悄然炸裂退散。
世界归阒。

八方苦雨后

临海港生猛海鲜店，圣诞星星小灯泡爬满了整座落地窗，
映照在火烧云下的台北、
高架车道川流不息的归家人、森蓝将谢的幕布上，
像是早秋城市后山坡上一簇簇毛茸茸的小雏菊，
野性、刚烈、带点轻柔的优雅，明明灭灭似儿时祖屋那口老井。
中秋相聚时水波里荡漾着破碎的月，
喜欢一言不发地坐在热闹的人群里，
看着周遭人们大笑着拍桌、比着手势学各地的方言骂人，
或者老故事背后被隐忍下的秘密，
再或者仅仅只是，
被煮沸的鱼片锅冒出白雾扭曲了的时空下，
大家模糊的脸颊，晕黄草藤灯光下舒展开的眉眼。
干了满地的啤酒瓶，狭小空间里沸腾的温度，
有人亲密地搂过我肩膀，肉体触碰让人拥有得之不易的存在感。
离别前夜不能开口，怕自己笨拙地讲出不好笑的笑话。
一路同行的人啊，
请原谅我只好以不成样子的方式，我的方式，

来表达我谨小的热烈。
借这心事苍茫的纸张，送自己一个未完待续。
古树生朴，冷涩而后甘，还在梦里，还在宇宙八荒。

自　我

每到这个时候，身体里的星轨开始正常运转，
万物诞生，虚无也诞生，
到处都是洞，巨大的星星堵住血管，
血液凝成浆转而又在爆炸中沸腾奔哮、怒吼，
我发现自己瘫软在床上，像只古老松柏玉里被凝固的虫
洞堵不上，一不小心血流成河。

所幸躺在亿万颗亮星中，好像自己也在发亮。
秋光炸裂，硕大而膨胀，
感到轮回的愚蠢，以及另一条路的荒诞。
可是世界马上就要从夜晚来到清晨，影子疯了魔长得越来越快，
现在以及明天，我能够拥有无数个我了，
于是有了力量，跪着捡起星星塞进皮囊的洞里。
我还能活。

台　州

浙江师范大学/钟芝红

我的影子/永远不能跟他们其中一个影子/凝固在一起，/我已离开了他们的土地

——沃尔科特

又一个八月，这座城市的警戒
与水位一样升高。还要升高。
层层叠叠的石头房屋，它们拘谨地
站在海边，成为旅游地图上
寂静的自由的缺席。

人们避而不出，穿过一排一排的火炉。
湿漉漉的风声，一棵树
浸在厚重的水里。落叶湍急。
从我这里，从凝视的地面出发，
世界尝过自己身体的味道，
我把过去的经验留下——

在经验之内，我已不再说话。
我不止一次演练强烈的、越来越
强烈的不归，
他们是说着方言的陌生人。
我不止一次停在发黄的杂货店，贪图
历史的余温，木门有一道漫长的刻痕，

旧了的月河静静流过。
岸的另一边我不认识，那种熟悉的
恍惚，误入每一座城市建筑的重复。
在我童年的地方，我是个不速之客。
唯有菜场外的小贩，奄奄一息的鱼、虾、贝壳
提醒我还在这片地上，微弱地辨认。
不久他们就要穿着衣服出门，
像前一天傍晚从公司出来那样。
黄昏的影子细长，渐渐逼仄
把我推到一面潮湿的墙角。
我想起青苔从这里爬上来，大理石
的洗衣槽，露水从生硬的水龙头逃逸。
还有一个口子，里面密不透风，
我们进去，蹑手蹑脚缝上游戏与事实的界限。
脚步近了，打开一个衣柜，又打开另一个。
因为战栗，他捂住了我的嘴巴，
我捂住耳朵，感官在黑暗中紧闭。

然后在午夜，只有波浪
一次次划破海面的星光。
身体再次打开，对刚才的恐惧
视而不见。
知了密密麻麻地叫，在静止的叶子，
在夏日黏稠的湿度中，
行人寂寥，雨水充沛，尽管如此。

我是说着方言的陌生人，
站牌上到处是我的异乡。
它们放逐我的嗅觉，蒙上一层
安静的雾气。

我想回家，我的家消失于
崭新的反射中；
迷宫一样的地图，它带我
来到偶然产生的入口，
融于交错的小道歪歪扭扭，
一个赤脚的女孩路过，摘下了微笑。
悲伤长在她的脸上，随夜色张开，
墨水般迅速、无声地吞没。
我呆呆地望着她，慢慢地
旧了的、被遗忘的月河覆盖上
我的脚踝，
我的皮肤流动着肮脏、纯洁的花朵。
岸的这边漂在水里，木板摇动
脱离年久失修的螺丝。
洪水中没有影子，所有老的东西
被迫形成一个影子，在深深的土里。

第十五个夏季快要烘干
鳞次栉比的寒冷的冬天。
他们的身体越来越轻，
热气浓密地进攻、集聚、溃败；
“而我已抛弃了他们”[①]，我体内的
冰柱啪嗒啪嗒滴着水，一旦靠近这里。
海岸线遥远，延伸至
另一个整齐的故乡
的幻象。

我抛弃了它，因为我再也找不到

---

① “而我已抛弃了他们”：沃尔科特，《世界之光》。

比它更好的命运；
我害怕自己的寻找
给它留下深远的忧愁。
它此刻年轻，以后也不会老去，
人们回到秋日浩瀚的果园。
我离开他们的土地，带走一个种子
随便埋在世上的一处；体内的
冰川开始下雨，这小小的身体
漂流着枯枝败叶、尘土、泪水。

祖父的流浪（五首）

江西省赣南师范大学 / 乐　枫

祖父的流浪

三月，蛇和虫子爬出蛰伏一冬的洞穴
那天是惊蛰天
那一天
祖父离开了他固守八十七年的村子

春雷打搅了所有人的梦，唯独
留下一位老人的
那一天
祖父开始了他的流浪

那个下午，阳光和煦
祖父在他的老式杉木床上
睡了个很长很长的午觉
知道祖父即将远行，舅舅们
给他穿上了干净整洁的新衣

祖母流下了离别的眼泪
可母亲说
我们要把祖父种回地里
一如他曾经种下的那些

麦子、杨树、菖蒲草……

我兴奋地目送着祖父离开，就像
二十三年前他迎接我的降临那般
我知道祖父会变成一粒种子
风一吹
就圆了他年少时远游的梦

腐烂的季节

刚买的蘑菇、豆角、西红柿，没几天
都烂在厨房的阴暗角落，发霉、生蛆
这个夏天，昼夜紧锣密鼓、来回奔走
山坡上青草波涌，发丝向外疯长
跟在衰老后面

火车和太阳一路向南
从北回归线，跌落在南方湿闷的空气里
夏至之后的日子，我整日躲在房间
回忆旅途、虚构故事
等待一个高温预警的日子
让风和棉絮云，发酵
从村子的这头，漫过那头

身体和灵魂都在烈日下，贴地行走
关乎一种原始秩序的信仰
生长和腐败的距离，小于一朵云的变幻
我试着在秋天到来之前，保存一片新绿

只有乡土知道

从地里来的，还得回地里去

我的指甲里面怎么会有泥

我的指甲肉里沾上了一点儿指甲油
母亲以为是我指甲缝里藏了泥垢
她伸过手来，要为我抠掉
我为她的无知感到好笑
骄傲地宣称
我的指甲里面怎么会有泥
骄傲的目光徐徐下落
刚好撞见
母亲来不及瑟瑟往回收
布满泥污的手

黑夜等待入侵

十五时四十八分二十九秒之后
黑夜按捺不住，降临
我熄灭灯火，藏好榔头，假装睡着
等待着暗处的入侵
萤火虫畏畏缩缩，是他们侦察的哨兵
野猫学婴叫，诱惑我落入陷阱
无非是想让我束手就擒，夜晚如果澄明
白昼又何必煞费苦心
等待，一声啼鸣，骑着潮水涌过
猝不及防地，叫他们留下满地尸体

在阳台上等风的日子

我坐在阳台上等风来
阳光把我逼进屋檐
荫蔽向内萎缩
赶不上太阳排兵布阵的脚步
我以为这靠海地方
不时会有台风吹过
在阳台等风的日子
顺便把黏稠的日子拿出来晒晒
生活如果不发霉
总该会有风来

植物人（五首）

甘肃林业技术学院／阿　煜

植物人

实际上
当我写下这三个字的时候
心里便愣了一下
我问护士
他的血液是绿色的吗
他喜欢阳光吗
如果
是
春天的时候
他是先长叶
还是先开花

梦

在梦里，我画了一个笼子
然后
那只笼子从窗口
飞了出去
我惊讶地发现
有一只鸟在里面

使劲扇动着翅膀

绝句

雨中的鸟依然在飞
这基本是一句废话
雨中的鸟如果不飞
它们就会纷纷坠地

那个叫妈妈的人在我生命里占据了三分之一的时间

更多的时候
我想不起她
甚至没有
主动要去联系
她的意思
当然
这和恨无关
六七年前
她来白银看过我和妹妹
后来去了北京
给人打工
当时的地址是朝阳区
而现在
她就在我的好友列表里
网名叫作
错爱一生

审 判

这一次我替自己蒙羞
不想再去辩护
在法庭上面
身为原告的我和身为被告的我
对簿公堂
各执一词
我第一次看见自己
情绪低落
瑟瑟发抖
脸上写满忏悔
最后的三分钟
我用两分钟判自己有罪
一分钟刑满释放

新屋（二首）

广东省肇庆学院 / 刘思仁

新　屋

去年冬天
外婆搬进了新屋
周遭都是她喜欢的花和树
像舅舅一样壮硕的马尾松
像九姨一样倔强的金合欢
像表妹一样可爱的野百合
像我一样忧愁的紫丁香
……
可外婆的新屋太简陋了
充其量只算是一抔黄土

秋日拾梦

我记得你来过
偷偷地吻了我的额
我记得你走了
悄悄带走我的快乐

苏醒，在空落落的老屋
空气中留有你的丝丝气息

青石板道上却留不下一个脚印
向着不知名的远方逶迤

老榕树说看见过你
佝偻的背在他身上顶出个坑
谁看见了你远去的背影
是那年秋天的风

风也只是个旅客
天涯四海都是他的过站
我给风画一个春夏秋冬
只求他给你捎去四季康安

可我忘记了秋天的模样
田野里尽是哑了的金稻
个个都伤心地把头垂到了腰杆上
噢噢，难道是今年你未曾来到

我问遍了大地上的所有……
一朵野菊花站在小坟头上向我招手
亲切地对我说：
嘿，小鬼快回家，天要黑喽

我来自人海（六首）

首都师范大学／曾子芙

晚是全世界的晚

没有雾霾也没有沙尘暴的夏天
傍晚时，坐在天桥上看火烧云
一束一束的光聚集起来
攒成耀眼的红，绚丽的紫，闪烁的金
就像是由阳光和月光凝结而成

看着它慢慢升腾，慢慢沉没……
我听见周围，头上，到处响着一种
混乱的，广阔的，连续不断的
由无数不同的声音组成的嘈杂声。
近处有，远处也有
是生命既广阔又巨大的悸动
像是北京的呼吸
北京正像一个巨人似的在呼吸。

感觉周围的光线又淡了几圈
火烧云慢慢地淡下去
沉在地平线以下。最后消失殆尽
凉风一缕一缕地吹过
有一种胜利在望的感觉。

希望以后都是这样呀
凉爽的夏天才是最可爱的北京啊。
晚安。晚是全世界的晚，安是你的。

人间失格

深夜的空气变得格外黏稠
像是咕噜噜熬着的中药
思维被拉成细细的线在中药里穿梭着
慢慢地、慢慢地延展，延展
带着在暗地里产生的模糊幻想飘到夜空。
爬下床去喝水，一时没拿稳水杯
水洒了一地，碎片四处飞溅

夜的寂静，把杯子的落地声放大无数倍
清脆的声音砸碎在黏稠的空气里
荡出一波一波的纹路飘到夜空。
精神在一瞬间绷紧，又松开
地上的水让稠厚的气氛变稀薄了一点点。
蹲下身来，听到下蹲时关节骨咔咔作响
捡起破碎的杯子。
它好可怜。

西三环的洪荒之力

春分一过，这个城市就开始撩骚。
来自这个城市的西三环的洪荒之力
又要开始觉醒了。
每到这种时候

各路民众脱下冬衣，卸下口罩
大家聚集在西三环草木茂盛的地方
进行各种仪式化的行为
踏青赏花，群魔乱舞，争相拍照一路高歌。
旧的封印逐渐被打破，新的封印在陆续生成
植被丰富的位于西三环的公园快要爆炸。
许多人掏出手机拍下大片、大片的花朵
然后发布到各种社交平台上，沾沾自喜
人们脸部的轮廓也比以往更深邃更好看了呢
曾经十二分之十一的枯败的困顿
沙尘暴天气的烦恼、雾霾天的焦虑
似乎都可以被这几天的花事盛况抹杀了。

雨落潮汐

我们一起看着镜子，我看着我自己，他看着我。
我想，即使他看出了点什么，他应该也不会说。
他站起身来，拉上窗帘，大海一下子就不见了。
我知道，这就是结束了。

滚烫的白炽灯，流着辛辣又刺激的泪水。
黎明之前的光泽，结成冰晶的水汽。
沉默的黑白光影，还有藏在深海里的辜负。

绽放的丁香、船舶渔火、难以忘怀的谈话。
回忆是真的，是赖以生存的水土。
我的故事终于结束对你说出了最后一个字。

我来自人海

行驶的地铁里总有一种独特的气质
有人带着类似温润或安然的表情
有人一脸困顿疲乏的样子
有人带着让人感到陌生的散漫表情
有人带着不知道从哪儿来的优越感
大家都在可怜的人间，终归还是不同的

地铁行驶过程中发出的声音
像是在寂静的荒地上
传来飕飕的冷风过境之声
却营造出了一种空洞的感觉。
穿越长长的轨道，带着阴冷的空气
带着你穿行在这个城市下方
去你想去的地方。

我不停地转地铁，上楼下楼
拖着箱子穿越拥挤人群匆忙奔走
周围的人也和我一样
眼神急切步伐匆忙在地铁间穿行
此刻我就和这些人站在一起
形形色色的人——
我从人海中清晰地看到了你们
我来自人海
你们也从人海中显现在我眼前

下地铁后随着人流移动
必定可以到达出口。

我随着人流走出。我站在地铁站口
看着前来接我的友人的轮廓
慢慢从人流中变得清晰起来
一步一步越走越近，走到我面前……
此刻，阳光特别温柔，风特别柔和

何其偶然

在图书馆，发现一本书的作者
和我是同年同月同日生
连名字的缩写也是一样的
我不确定我是不是真的想读它

去水房打水，把学生卡落在水房了
急急忙忙跑回去寻找
一个高个子同学
拿着我的卡，站在那里等着我
我在翻和你的聊天记录时
你正好发消息过来问候我
当你告诉我你考砸了
我正在为了不考砸而埋头背书

等公交时，一只绿色的小虫
从我皮鞋尖上爬过
漂亮，鲜活，强烈的生命力
足以让周围的噪声沉寂下去

风声很大，像有人在敲窗玻璃
午夜十二点，风停，夜静
我终于听到了飞机飞过的声音

鸟声固执地走进我的生活
我依旧活在别人的想象里

收发室门口的小黑板上
永远写着一位教授的名字。
永远都有他的信件
但他却从来没来取过

只是一夜间，树上的叶子全部掉光
关门的时候，我带起一阵风
吹起了一页纸，上面写着：
像人们深情凝视即将永别的地方……

外公体内藏有一张弓（四首）

贵州民族大学/陈再雄

外公体内藏有一张弓

近几年来，外公才发现
自己体内藏有一张弓
和他父亲的那张一模一样
他们世代相传
箭被射往犁铧、背篓
杉木箐水库、盐和煤炭
还有那匹瘦马与柱子
现在，箭已被射完
只剩下一支，支撑着
这张开始摇晃的弓
几十年过后，弓将被藏在
舅舅们的体内，不管他们
把箭射往哪儿？最后也要留一支
来模仿外公的模样

致命的天空

如果天空突然转向
所有的种子都飘浮不定
我将颗粒无收

梯子插在云上，顶着大地
许多人沿着梯子
爬到了泥土里

抬头望着星星
它悄悄地滴落在，蚌里
路灯的光散落在
黑暗的周围
如果我扬起木槌把今夜砸碎
明天醒来，星星该去往哪里

一粒饥饿的种子
放在坚硬的石头上
我像一把锈蚀的刀子，刻画着
大地的皱纹
铺满天空的霜

我怕惊扰了这被种植的土地
我怕，那悬在半空的河
我怕，那被煮熟的太阳
异军突起的叶子
被扔得远远的
刃被秒针磨穿，钝器
仍然发亮

9563次列车

努力呼吸，然后匍匐前进
赶往乡音发生的地方
在那里种上玫瑰和油菜花

攀枝树上有未归家的乌鸦
与往常一样
列车的时刻表被倒置起来
一对夫妇挑着麻丝口袋
他们多次回望多余的缝隙
车厢内无数次重叠着
受伤的身影和破碎的乡愁
列车驶入一位老人的眼里
她站在窗外
眼泪强行被拖拽出来
她挥手远行，仿佛在造一个句子
掺拌着离我家不远的方言
夕阳滴落下来的光线
在油菜花的最顶端流淌
他们深知，之前播种的是光
然后重复生长
最后长大远行，回到最初的地方

孤独的另一种可能

每一种孤独我都能
准确无误地把它占为己有
我只剩填满骨灰的骨骼
所以善良和虚伪都一败涂地
有一种孤独的可能是
自己孤独久了，孤独也便理直气壮起来
脱掉衣服，把秋风睡了个遍
我还相信，一种自我存在的原因
就是不会为每一缕吹过的风负责
我顶天立地，这毫无疑问
因为我的世界现在只有我站在里边

简单现场（八首）

北京电影学院/刘自豪

舞动的剑

他被一把大剑挥舞着，
逐渐认定了自己正在空中舞蹈以及是在挥舞着自己的一把所向披靡的宝剑
的确，有不少东西被拦腰斩断了
他的动作看起来更加自然流畅；并且和剑融为一体，露出了会心的微笑

书中抓蝴蝶的人

蝴蝶一让，他抓了个空，抓住了虚空
他终于抓住了那个最大的，最美的
蝴蝶，他的同类
以湿婆所授之舞停在所有的空中

树动之悲

和脚下的老妇人一起，早晨，晚上
拍打着自己，创造蜂巢般的规模的风
里面塞满了看见风穿过的人的眼睛
孵化出来的哀视的螯针向内生长

简单现场

北京的天一直阴着，理解与原本之间大可搞得很好笑
那个讲电话的男人说的是方言还是外语我都分不清，但是不隔着玻璃会不会好一点？
图书馆外面各色的人走过黑色沥青路
尤其是一队招展，美好的表演系女生，大步踏着，高唱中国戏曲中的一段
羞愧的是我对此却一无所知
下过雨，树木，藤蔓，灌木丛都像新的一样
昨夜吸进的水烟的味道不时像呕吐物的气息又泛上来
同样泛在不少人的喉咙里，正如那条
像蟒蛇的烟管，像烛台的水烟壶
我在这样的现场，看到的是未来

半身像

流浪汉的肩膀收着，一只筐我能够两手捏住
音乐变形了，一声不响
沉睡的，我听不见
脊梁里
微微摇曳着一条岸的芦花

关　闭

余生从何时开始关闭
关闭一条带子，一只瓶子
像一条蛇那样盘起来，喂食自己
瑟缩在身体里，与自己为敌

丰收的罗布泊

无数片镰刀叶洒在月光下
沙沙沙沙抹去驼队的颈子
铃铛还在风的舌头里响着
啷啷啷啷敲碎他们的魂魄

记思念

又是一个夜晚，秋，惬意
不一会儿，就来到了第二天
我无数次找到了
一旦失去，她又重来
占据了我的一切心智与情感
我的一生为她存在，并且自卑，负罪，默默奉献
她从不会想起我，她的生活高尚而甜蜜
因此我也不被自己允许
从遥远的故乡送去问候
她的一生将长青，这座小城的四季也不停歇
只有我一点点老去，失去所有的希望
唯期诉诸各方河流，用大海淹没那异端之岛
就淹没那一座，那一座就好
她接受阳光啊，先于一切

暗黑童话之蜗牛篇（五首）

上海大学/廉　荆

夜　光

纤细的两根手指夹着烟，
右手虚握着笔，
像随时要捕捉什么。
小夜灯下的手指节分明，
一伸一缩，
白得不近人情。
他感觉自己浮在夜空，
伸手拿烟去点燃星星，
烟雾贿赂星星，
得了通行证在时间的褶皱中肆意穿行。
睁眼，右手扶纸时，
白色烟灰又长了很长一截。

预　报

阴郁的天，
勾起远古的回忆。
情绪驳杂，
故而远望。
胸中半流体的悲哀，

是水墨画上稀释的云彩，
滞重而干涩，
死去，
风干。
四围坚筑着的钢窗，
点缀以海的波纹。
白色泡沫，
翻涌在美人鱼的嘴角。
垂直而下的水汽，
生发着，
雾霾的意象。
在风的沙漠跳舞，
裙裾翻飞。
伸手，
便触及冰川消融时，
温热的沙。
雨，
雪？
请检索，
残云半卷。

羽 毛

一根白色的羽，
带着初获自由的快乐，
由着风的性子。
然而，
它沉郁了，
并且曳着离群的忧伤。
奢靡地放纵，

是否忘了抽离时的钝痛。
那可笑，
然而又不尽可悲的初衷。
于心中最柔软，
迸出大恸！
耳语着，
风啊，
再高些，
再烈些。
灼热，
燃烧吧！
风雨欲来，
连羽，
也浸了沸腾的血，
溅向高空！

截　句

我穿着一件满是破洞的海魂衫，
上面印着我最爱的图案。

暗黑童话之蜗牛篇

它的触角打了个结，
无意中窥知自己的脑电波。
于是，
它耗尽黏液爬到葡架高处，
原来只是为了，
等风来，
将它吹落。

绝赞（四首）

南京视觉艺术职业学院 / 祁连山

绝　赞

阳光洒在我的早饭上
它变得更好吃了

谁的战争

谁的征战又导致了谁的战争？
谁的战争又令哪具无辜肉身遍布伤痕
我有世界上最锋利的矛和最坚硬的盾
以及此刻这世上最柔软的心

我会捧着鲜花去见你

我会捧着鲜花去见你
在花谢的时节

渺无人烟的话

只需要简单的歌词就能照亮意大利
只需要清澈的话语就能浇灭坏心情
只需要女士烟的烟蒂就能摧毁法兰西

只需要寥寥的才华就会有人迷恋你

只需要说一声再见就登机去纽约
只需要说上个谎言就会让人谎话连篇
只需要一节中世纪的胶卷我就愿意从三千英尺的上空坠跌
只需要答应今晚的岸边你还是金色的头发有好听的呼吸

只需要
只需要一亩三分地我会丢下我所有的无忧无虑

十四行（六首）

北京大学 / 丁　鹏

回忆杀

我们是没有过去的人。像一根导火线
一经点燃，无可回头。未来是我们的
应许之地——埋入黑火药的部分

我们是得鱼忘筌，过河拆桥的人
因为回忆会杀人，因此遗忘是必要的
自卫。因为爱从一个地方，一种味道
一个词……打开回忆之门，因此

我们绝不再爱。除了聪明再没有
别的活法，除了现实空无一物，除了
夜，再没有别的虚幻。回忆以惊梦的

方式掩杀过来，迫使我们凝视那成为
灰烬的部分，迫使我们承认我们
是我们活过的部分，是一束烂逸
的花火，将最终汇入人类记忆的银河

唯有情欲无处安放

太阳是巨大的红外线摄像头。像
所有独居的动物一样，我享有我的
秘密花园。比如最美时光咖啡店
燕南园、万圣书园，比如社交软件

我在这些秘密花园里安放胃、步履
沉思与孤独；比如梦境，时光的
褶皱，我在梦里安放我的无意识
生命的恬静和怡悦。我把眼睛安放

在眼镜背后，警惕着身体外部的
危险。唯有情欲无处安放。我无法
爱上一个人。我无法抑制地欺骗

侮辱、抛弃那些爱我的。这不安的
情欲究竟催动了什么？向死亡的
加速运动？——那永在的秘密花园

冒　犯

我是我头发的泥土，那阴郁
狡猾的植物，那爱腐肉和谎言
祭司们按时收割的神的麦子
我是经修改的程序，再讲不出

一句方言。而往事一再浮现
我毫无悔意。我是秋天的敌人
蔑视成熟——那妥协的艺术

我要爱九十九个女人一无所求
我要写九十九首诗歌付之一炬
我要换九十九份工作一事无成
我要去九十九个地方老无所依

我要以平手冒犯平庸；以命名
冒犯命运；你我都听见铁轨
刺耳的摩擦——那激烈的冒犯

我和猫

我和猫在湖畔散步，我观赏垂脊上的
齐湣王；猫凝视电线上的灰喜鹊
电线使我想到一种疾病，灰使我
联想人性之灰。我背负着记忆的阴影

梦魇的阴影、沉思的阴影。猫则
跳脱我的阴影。它观看我，它说
“我看见古槐伸出一万片舌头舔你”

我常到湖畔散步，守护那荡然无存的
庙堂。猫分享神的祭品，是完成
仪式的一部分。我给猫戴银项圈
给它起名叫庚丁。那天透过天空之镜

我认出自己是一条溺水的鱼。而庚丁
将我救起。透过庚丁蓝色的眼珠
我认出战栗，认出我是祭品的一部分

没有一首诗

那个洞穴无人去过，黑瞎子的叹息
无人听见。褐色的草房没有坍塌
晚年曾祖母没有盘坐苇席上面
思忆往事。弹出去的玻璃球

永远在原地旋转；呼啸而过
的绿皮车，车厢永远无法数完
永远不会有鬼魂在我的屋后出现
永远不会有蟒蛇勒紧我甜蜜的梦游

那清白的河流依然涌出乌黑的鲇鱼
它们发出笑声像宽恕了我的一生
没有选择与分裂的痛苦，一颗

蓝莓静待成熟。没有一个思想
疲倦而羞愧；没有一种母语瘦硬
而孤独，像我们投映大地上的身影

八　月

是金蝉最先认出秋的刀锋
才会急迫地、凄厉地长鸣
是烛烬在我体内层层堆积
灵魂的火焰，那流泪之眼

深夜，我凝视黑镜背后的
深渊。闪电的变体，不禁

使我的神经战栗。激动的
旋涡，是你我痛苦的根源

奋力逃脱上帝之手，奋力
抗拒未来，那甜蜜的厄运
却无力抗拒鹰身海妖之歌

八月之火浣洗万物，我们
是唯一的不洁之物。死神
展露面孔而我们视而不见

关于一条金鱼的猝死（二首）

西安外国语大学／秦原姑

关于一条金鱼的猝死

做了一夜的梦
都和鱼无关
毫无预兆
关于它的死
前夜还在玩笑它只会喝水冒泡
今早它就大义凛然赤条条躺在了地上

没人知道它在那里躺了多久
我们整晚都在做梦
至于它死前的想法
也并没人关心
一上午大家都在讨论

它是怎么跳出鱼缸的

精神病人永远都是危险之物

儿子很粗暴
精神病的母亲带给他太多麻烦
他想放手

干脆让那个疯女人冲出去
冲到马路中间去
可是手却死命拽着不放
周围的人都躲得老远
却还要睨着眼睛看
看她当众出丑或是
防止疯女人失控冲向自己
貌似别人家的精神病人永远都是危险之物
不是伤害自己
就是伤害别人

乱语者（五首）

兰州城市学院/张　升

乱语者

回到雾城，我走过的巷子依然令人压抑
北风穿街而过，冬天才刚刚开始
我冻住的嘴巴不能多说一句话
黄河岸边的这座城市是我用多年攒下来的粮食换来的
我不得不自私地把它视为私产留给我的儿孙们继承
然而时至今日，我依然负债累累
刘家堡街道上除了那些热闹的叫卖声再没有什么值得炫耀
没有人会体谅那个买鞋的郑国人的孤独，他绝望的样子不名一钱
也没有人会想到那未熟透的果子，一半在树上，一半已经腐烂
人们预谋着点燃雪山，我的同伴们也都在准备火种
他们带来糊着金箔的骏马和黄土做的铠甲
我甚至觉得他们都被赋予了成为将军的能力
而我只能像一句毒誓一样活着
笔挺并且锋利

也是无眠

深夜或者是无眠的夜晚
他像一件刚从水里捞起的衣服
连自己都感到陌生，手是多余的

多余的还有他想起的这一切
他习惯朝右睡已经是很多年的事情了
也习惯了把众多的事情遗忘

窗台上放着的是一个空鱼缸，鱼死了，腥味尚在
这些不起眼的细节让人屡次感到不安
那么请不要惊醒一个蓄意装醉的人，也不要
和一个假装没看见你而径直走向一家小店的人打招呼
即使你能一眼认出她，也是最后一次啊

雨后的凉风，是谁突然收敛的笑容
留在石阶上的雨迹几乎就是他的悲伤
只是去年此时，庭前积水里的月色
也是同一个人的悲伤

我站在西北下风向

我站在西北风的下风向
凌乱的头发上雾气凝结成霜
从这个城市的夜色灿烂
鞭炮趁夜不停，外面的楼房，街道和疲惫的黄河还没顾上回望一生就已日薄西山
正如过去的一年，我活得如此不慌不忙
像置身于一场皮影戏剧之中，王顾左右而言他
对于过去如何苍老只字不提，孤独只像枣林南路新画的斑马线
而面对你们，我至多会想到白胡子山羊藏身于茫茫大雪
这个冬天，草木失泽，我的骨头保持痛苦的形状
未老先衰的母亲，寒冷的村庄以及归仓的粮食
我均无颜与此并排而站
我该如何收敛那如同冻僵的衣服一样的表情

忘掉羞耻，和每一个人笑脸相迎
这里早晨灰蒙，日落黄昏，干瘦的枝丫支撑着皱巴巴的天空
灰房子后面的林子，麻雀时来啼鸣，它们把翅膀留在枝头上继续飞翔
不用担心，倦鸟迟早归林，把羽毛和眼睛悉数交付
故乡居于陇中黄土之中，旦复旦兮
风越过山峦就吹进了村庄的关节
炊烟冉起的地方，尚未和我断绝血缘
只有这时，我才会多看几眼眼前的自己

滨河路

当路边新栽的芭蕉负了霜的时候
兰州的第三个冬天悄然来临
黄河也瘦了很多，清澈而尖锐
掠过水面的野凫水漂一样短暂

在这里，我们谈起哲学，爱情和烧红的石头
我们饮酒，喝茶，朗诵一首凄美的诗
但这一切的初衷并非仅此而已
我们尚欠一把能砍出火花的斧头
遗憾的是那个掩耳盗铃的人
一再充当了我

街坊路11号

有时候我把你梦成两个人
指着一个对另一个说我就喜欢她那样的女生

有时候我把自己也梦成两个人

一个像皮影，另一个也像皮影
孤单地只跟自己在一起说话

我的舌头是一只关在笼子里的蝴蝶
我的嘴巴是多年前缝在心口的补丁
我来不及在你的眼里留下生根发芽的泪水
我爱你，如同灯笼隔着灯笼

木立成林（三首）

甘肃农业大学/西　克

木立成林

木立成林，林立成琴。旷野墨白
覆盖了零落的哲学。树也败了，叶枝稀疏。
踅迹飞鸟，吃肥了羽翼，跌入歧途。一幅画
能卖几个钱？众多的佛像能庇佑几家百姓？
树木沿着大地行走，何处流水潺潺？

忌

一个小城，一个建于八十年代的集市。
应该有与之对等的粮食，果蔬，商贩和三教九流的人。
而父母就在这里生活了一生。他们早起晚归
他们用土豆换来的钱交电费，房费和街道城管的保护费。
他们也和不同的人嘘寒问暖，唠家长里短。
他们用土豆换来的钱买冥币、做寿衣、张罗祭祀品。
他们也有父辈，他们分别扮演长子和长女的角色。
他们回不去的故乡。吴大爷，吴二爷，吴三爷的故乡。
他们旧的农田被新的地主霸占。
他们旧的房子被新的捕快征收。
他们惯于清贫、善良、本分的词语活在世上。
一个小城，南部市场的货台上生长出一株藤蔓。

一个小城，在水川路和人民路的岔道口
父母沿袭古老的方式祭奠祖先。
长跪，叮嘱，促膝长谈，也会点一支烟，剥一颗果子。
用燃起的火焰掩饰流至扁桃体的泪痕。就这样
他们已度过大半辈子——

狼杀游戏

我不善推理　不善言辞
却不动声色地观察每一匹狼的手足口　温顺的狼和凶残的狼
微小的动作和放大的动作　或因进化史而退去多年的尾翼
都暴露而出　九尾狐或者三色狼都暴露而出　藏在腋下的卡牌
都暴露而出　黑夜的交易都暴露而出　白天的修饰都暴露而出
练就了一双喷泉式的火眼　事件因轮廓明晰而身受苦难
真相浮上水面而大脑空洞　或因行医多年　庸医的标签无法摆脱
搁置多年的听诊器　压力表　白大褂　骨骼图谱　中草药材　蒙上尘土
搁置的有望闻问切四字真言　搁置的也有人之初　性本善
有一匹狼化身为人形　皮肤　牙齿　眉道　眼角的皱褶纹理
和杜甫很像　身体纤瘦　颧骨微凸　披着长袍
有一匹狼吃掉云朵　这片云朵很像狼　这匹狼撞破天空
天空里羊群飞行　它们的爪子有五根指头　指甲瘀青
它们中有一些披着羊绒的白狼　戴着人皮面具的黑狼
它们来自不同地域　天黑闭起眼睛　狼群说着暗语
交换词语　天亮请睁开眼　暴乱即发　骨肉相残
它们孤傲　屹立于山崖仰起脖子　稍逝血溅现场
草垛堆积于浣溪　一头狼崽子安静地读经　关关雎鸠
在河之洲　血泉喷涌　嘶嘶作响　有些佯装隐士的仙人
骑独角鹿　甩着龙捻　钻入一户农家盗取栗子充饥
天庭里的司仪　仪态憨厚　水和火捋顺证词　事关一些毛发
狐尾　灰压压的狼群误入人类的稻田　尸（诗）体不在

拆卸骨头　结缔　神经　血流之狼　踏着泥巴晃着肉
操纵汉字　部首　偏旁　拼音之人　灵魂未愈
从手术部出来　从牌局起身　从一头牛的难产
从远处草原上两头骆驼相互舔舐双峰　从一把长笛
荨麻地里　祖父被狼吃走三十个年头
梵音不绝　像一副牌九凹陷的圆　撞击出声响
像百鸟朝凤的哀曲　哭泣的哑剧　像天晴后
骨骼齐刷刷地生长　像晚年狼群的一场集体默剧
哀悼一位不擅推理也不擅言辞的祖父

词场审判（节选）

北京师范大学 / 李啸洋

没有比被动语态中的仇恨更紧张的事物。

——塞萨尔·巴列霍

三

第一人称的半面脸是形容词，半面脸是代词。风
将一张灰色的脸，吹到我们身上。里子是客人，
面子才是主人——“圆”字其实在方形牢笼里，而
“方”字并没有牢笼——真相和骗局是“思方行圆”
年轻人不甘沦为第三人称代词，通往主语的路上更
拥挤：明星、公务员、富二代。与宾语分手的日子，
像箭矢、如破竹。

五

发音器官被割伤后，语言需要腌甜的词语才能下咽：
钻戒等价幸福——香水等价高贵——美貌等于天才
——任性等于个性。凡是明星做出的决策，都必须
坚决维护。电视放大的虚肿视界，竖起高高的牌坊。
人的生物特征需要香水、胭脂和整容术来标识存在
涉世未深的身体，准确扑向词阵布刺的钉子——勿
相信一包郁金香色的糖，就像不该相信满口金牙者
变异的味觉。

七

一口洞买走了村庄的宁静。喧嚣与光明相接，火山
的气流迅速将翅膀熔解。塑料人把声音打尖、磨圆，
广告给生活打满了补丁，把人驯化成沙发土豆，为
标准频道消费。主持人准时将假面贩卖，越是打磨
光滑，越是难以契合。规则服从参数，寻找所指进
化的必然性。词语越来越聪明地从象征界吸血。智
力升级的博弈游戏，如歧义展示的另一番辨析——
“做爱做的事，交配交的人”

十二

词语和血脉太初即有。人出生后的两次受洗：第一次
源于母亲之血，第二次源于远古上游的清水。图书馆
朝圣的人，洪水和露水都朝他涌来。薄而泛黄的纸镜，
不怀好意地将真相打入地狱。音韵、格律和长句都在
无声的长廊囤积井源、灰尘和读者的耐性。影子和虚
无丈量的悲伤。时间素有永恒之名，词与物陈宿于沙
漏里，欲比遥遥领先。

十三

碑文固守墓地。主人锒铛入狱，墓碑免过时间的凌迟。
高原上摆出石头纪念这个下午。《兰亭序》《怀素帖》
浮雕面刻着的霓裳羽衣，将新月拉成一道瘀青的上弦
霉干的袖角风干了盛大的节日：茂林修竹，曲水流觞
波斯、天竺、回鹘、鞑靼。大约万国朝圣，语言交火
唐诗生产文字的脆性奇迹。

十四

文字失败，没有赔偿。荆轲匕首，曹操捉刀，英雄在历史上关联暗器。枯螺涸鲤，留名的、居隐的、亘古风化的契约。你我在上游追溯干旱的鱼群，日子方变得拥有耐性。水离开海，经年里找寻另一重世界。黑暗淘洗掉身上的光，露出镜中的神祇。我们从祖先躺过的经文中醒来，用身体将甲骨文变成对自己的记忆。

好好过（四首）

广西河池学院 / 覃东院

雨

在雨中我的影子，经过那条路回过头
雨
它说：黄昏下来

要见世面的东西，既然熟悉着何不较少的畏怯一点
而我来之前做好脚印

在路上如果你迷失了，就等我打开门把雨水引进
你来我不说、你走我不说
雨停，我找乌云借一借创可贴

把流血的地方覆盖，彩虹来之前我备好牙子
八颗挤开就笑落黎明

雾水与冷空气

清晨，雾水和冷空气提前了一步
还未到达冬季
它提前先让树的知觉冷掉

冷掉窗户上站着的人和一双眼睛
能在这世上打滚的人不算太迟
不算太迟的还有我们来不及冰凉的爱

何必叫痛

我还没拥有神情，一直到最后的机会
一直到天上

我的心不再回来，随着季节变换颜色
容颜一点一点地老了

真的好了伤口忘了疼，既然人世这么尖锐
愿待着何必叫痛

好好过

她要走了，衣服放在柜子里头
秋天的薄衣收整齐

街道很干净，能照出疲倦人的影子
我把自己也叠进去，黑色的、白色的都叠好
要不明天我们好好过吧！

她的江（二首）

山东理工大学／李国兴

她的江

这是她的江
它浩瀚，似曾相识
它不是缥缈的存在，它是存在本身
有牢靠的证据，证明它是一座桥
跨过去，就是一个国度
真实被人书写，故而它
被动、桎梏、腐朽。它占据一切
占据所有圣灵的一切，贪婪只能是表象
一切都在断裂，断裂如同微小的躯壳
内里透明得像一场灾难，甚或包含
愤怒、疼痛、误解。灯火沉沉
船来不及靠岸，靠岸等同于臣服
等同于企图
等同于梦魇。你终究是醒着的
将眼睛闭上，用右手指向未定的
日常生活
将所有可能的错过重新定义为
相遇。将人滞留在时空的角斗声里
将时空回溯，加之以温情和笃定
但这是她的江，它必须寻觅更高的山、更远的水

更多能与之汇合的神迹
它不再虔诚，唯有咆哮
汹涌已然无法形容悲剧和以上的部分
等着吧，等它快要成了一位女性
纯洁也好，肮脏也罢
它锐利，却会比刺刀来得痛快，在你以为放下所有
又一无所有的时刻，为你作最后的判决
过程如此矫健：开始是坦荡的，结局是决绝的
这是她的江，它浩瀚，似曾相识
就在你即将抵达她的心房之前
它抛弃你，然后消失不见

私与共

夜半醒来，恐惧席卷全身
随手摁下去，听电台有声广播
一个女声传来，她在寻找自己的大河
与我一般，在潮湿里摸黑
河道的水湍急地涌出来
涌向她的裤脚，以及我弯曲的脊背

帷帐将我框在密集的毛孔里，枕头在
心肺里打架，不吐脏字。她仍在寻找她的
大河，已复归入海，入山，入梦境
入我心来，将恐惧排挤出去
重新长出坚实的血与肉

隔着一段对话，她继续谈论关于如何
沉睡，如何睡得更加安稳，而非
心事潺潺，像我这般，需要打着愣怔

醒来，需要一个女声，告诉我
——大河依旧在，需要寻找

而她与我所共有的你，这一场暗合的夜
正在以一种近乎赤裸的告白，诉说时间的
给予。没有人甘愿给予，正如你
靠在我肩膀，或而轻浮于水面之上
捡起其中一枚石子
正如你盈眶热泪，闭上眼
失去这一切

无题（二首）

西安外国语大学 / 倪广慧

无　题

姥姥不识字
却有一本繁体《圣经》
年纪比我妈妈还要大
我刚学识字
姥姥就让我一半认一半猜
念给她听
听说我毕业
要写一篇
几万字的文章
姥姥惊呼
这得要多大的学问啊
她说　只能这样了
《圣经》给你
那么多笔画
那么多字
总有一个
你能用上

姐姐说外甥是个动画迷

八月　核桃熟了
妈妈打电话给姐姐
让她带孩子来吃
从车上下来
一岁半的小外甥
好奇地打量着
门前觅食的两只母鸡
墙上斑驳的树影
偶尔停留的麻雀
麻雀飞去的天空

姐姐进屋打开电视
切换到《熊出没》
外甥看了一眼光头强
默默地抓起遥控器
晃晃悠悠跑进院子
立定
对着蓝天白云
摁了起来

薄荷汤（四首）

同济大学 / 甜　河

鼹　鼠

他背对敞开的帷幕，夜晚正欲降临
暮景清晰而硬朗，吹出响亮短促的元音
频频举杯，挤出一个又一个的微笑
像自动贩卖机一样优美、流利。
心事重重，因为他是混迹人群中的鼹鼠，
被派在地面执行任务。嘘，可不是
那部捷克老动画，虽然他也身着黑大衣
神似年轻的巴枯宁。一只无政府主义鼹鼠
野心勃勃，密谋一场暗杀，却无从下手——
游荡于宴会的长厅之中，这光辉之所
使他不安，怀念起那温暖、干燥的褐土堆
微微颤抖的地下走廊。视力不佳，可他
嗅觉灵敏，精明地搜索着人类的领袖
快了——鼹鼠拖沓着步子，接近这个男人
观看他和女主人正在露台上调情
“夜因倾斜而温柔。”听完一曲弗拉门戈
鼹鼠决定，用爪子刨开地面，头也不回地
离开人类世界。尽管由于未知的激情
千钧一发的时刻，计划失败。何其幸运，
他回家还可以吹嘘一番。正如一名运气

不差的炼金术士，他并非一无所有。

南 方

再次踏上这松软的陆地，
它的形体不可捉摸，影子喧闹
抛下点点细屑。勇气在身上溃退。
阴天湖面上，掠过水鸟的长喙。
我喜欢往湖心扔石子，
看它们如何震怒地一跃
偏离视线，变小变暗，何其相似
从未到达顶点——从来没有过。
每当公交汽车路过那片水边低地，
芦苇振翅欲飞——缓慢，低行的白鸟
每日巡视，羽毛在晴天茂密、蓬松
不停地在我头顶摇落碎雪。

我等待，雾慢吞吞地从田野里升起
淹没所有。良夜，看树木接二连三
躺下来。一到拂晓，它们便拍拍身
站了起来，抖抖稀疏的眉毛。
一个人走到水边，又走了回来。

中学课本从塑料袋里滑落
露水未干的时分，我推着自行车
走向潜山中学。门卫打着哈欠。
我从异乡回来，脸蛋生了冻疮
——燕子在我的窗檐下筑巢。
被我双手掬起，病中的细雨。

薄荷汤

因为这些冷冻的时日，我的灵魂得以存留
微妙、冥思与星尘。
你是眉间紧蹙的白云，薄荷汤里
绮丽的玉石。细细打磨光的颗粒，
来二两桂花酒——无垠的静寂
陈年的鱼须蘸上晚春的柔和色泽，
是上等的佳肴。斜阳庭院，
他大笑归来，转而入山。
案前三尺雪深，辉照寥堂，
远古的国王思量着美人
用醉意换取黑暗，手执铃兰
多少灰烬里的夜晚。阐释一枚翎羽，
或是珍禽异兽钝感的姓氏。
危如累卵的时辰里我穿梭自如
自慰的少女，细数这绣花针的孤独

玫瑰的谱系

那个在梦里被杀死的人不是我
凋谢的浪漫派与孤独的女酒鬼相互映衬，春色葳蕤
院子里枝丫稀落，星星低垂。
老樵夫泪眼蒙眬，天鹅绒和野花偎依在怀中
树木沉思，蜡白如他的面孔
闪亮的日子一去不返，此刻烛光照亮大半个平原；
穿过尘埃掩埋、色彩繁杂的幽暗岁月
我们热衷于谈论所有花瓣熬成的夜晚。
当饥饿的阴影成为绝对的实体，指向心的两极

多少个异乡的早晨，荒凉如往昔
我是否应该采用一种宏大的叙事结构
来歌颂生活全部的贫瘠
可我所有的抒情都已献给了南方，长江下游晴空万里。
犀牛的目光温润如花蕾
难以逾越，词语的寂静。
复制我的灵魂，呈现相似的幻景
透明的美的战栗，请赐予我致命的一击
直至重返玫瑰的谱系

川行记（三首）

中国社会科学院 / 陈浩文

成都的黄昏

黄昏，有三两灵魂涉江而来
湿漉漉的衣摆曳地
拖出一副温柔的市井

那曾经赠诗的隔壁
老妇人的皱纹长在同一片额头
且醉且歌的酒铺
仍有低语呢喃红了门前芙蓉

只有今夜的灯光不知名姓
像一场缺乏史载的洪水
所有面庞从中沉默
未到初秋
就开始发黄

海子山

当年轻的云再次从远方聚拢
它剖开自己
连同骨骼和血脉

比任何时候都更坦荡
它将不再想起那些森林茂盛的日子
如何在寒冷中挣扎
白雪皑皑的神话
又如何惜败于命运

连风都喑哑的时候
花朵才能停顿
从缝隙中举出
和天空一样的颜色

此刻痛苦终于奔涌而来
在无垠的寂静中
它听见雨水下落的声音
这睡梦中忽然颤搐的心跳

香巴拉

去年的雪融化在脚下
融化在倒映的眼睛里
有关时间的隐喻荡漾开来
从一声叹息扩大到轰鸣

一切都碎了。天空碎了，
树木碎了，经幡碎了：
它们碎在碎去的眼睛里

而游鱼竖起的坚硬尾鳍
仍在香巴拉的湖水里缝合
从四面八方赶来的身世

窄与阔（五首）

重庆长江师范学院 / 刘亚兰

麻雀和稻草人

公路中间
无数双眼睛，迅速
将一个黑点包围
对待外来物
车辆乐于发出恐吓

觅食的麻雀，停止跳跃
我以为我理解它的停留
至少为它做点什么
它沉默，不抬头

顺着它坚定的目光望去
苍茫的黄昏
瓜田里，一个稻草人
单脚站立

给往事写封信

一定要用钢笔
和爬满岁月方格的纸

时间最好是深夜
在一个人的空间
偷得五分宁静，三分光明
然后把回忆的墨瓶打开
给你写封信

用旧字，用旧词
一张纸，除你看见的
落叶般泛黄的散文
不再有别的意义
请你原谅
文字如草一样简单凌乱
我只想单纯地给你写封信

面对路

一条路或者一条条路
齐刷刷望向我
把最艰难的选择甩给我
连同曲折蜿蜒和未知的坑洼

面对路
无论横的竖的
它，它们
从眼神一直交错到我心里
绕成一个又一个的结

我久久观望，思索
路过的万籁俱寂没有说话
任由深深浅浅的脚印打量着我

告诫我该在一张白纸上坐下
关注一片云飞，一朵花开
至少把路还给路

总有一些时光在雾里

突如其来的大雾
无法辨明事物的本来和暗影
看不清自己
灵魂也暂时没有着落
它们肆意横行
从眼睛进入心里
白茫茫的
恐惧和怀疑

我不停地，不停地挣扎
向前
穿过深邃的迷雾
阳光正好
一片一片落下来

人生，总有一些时光在雾里
那些大雾
远看多么艰难，近了
什么也没有

窄与阔

一岁
两岁

三岁
……
又矮又小
这独立的新生

光滑的日子容易跌倒
按住疼痛
在风中站稳
昂首是一种态度
直到惊入飞鸟的视野

从鸟的方向看
人生的狭窄
莫不向着另一种广阔

风暴（二首）

闽南师范大学/北　鸽

母　亲

母亲的双手轻轻地滑过我的脊背
有金刚石划割玻璃的切肤之痛
炉火温暖着古老的乳房
龟甲一样的裂纹
干涸了的井的内壁
童年的呼喊震聋发聩
我知道有一天
她终会离我而去
我们的分离是我生命的第二次分娩

风　暴

父母亲友纷纷散去
屋檐像没入夜空的燕尾
而燕尾是镏金的
呼吸是金碧辉煌的
我们之间存在着一场巨大的风暴

就在这风暴的中心
小屋安然而沉默

门前的挂灯摇曳蛛网和灰尘
林中的风声神秘的存在
耳朵紧紧盯着影子的动弹
我们却一起合上了双眼

你绑在我身上的生命和神秘一起存在着
当烛火燃尽灯芯深处的最后一滴松油
荷尔蒙的激荡像戳破了的窗纸
你的目光直达枯井的底部
苔藓布满你的双眼
把我埋在这吧　在此终结这茫茫一生
我们的身体和同时代的古木连接
暗涌的树脂盛满琥珀之光
而这正是我希望你看见的
也是深深照耀我们的

我们终于和亲人毗邻而居
同时也间隔一生
像是从夕阳中扒落的两片铂金
我们的身体是金色的
灵魂是金碧辉煌的
我们之间存在着一场巨大的风暴

就在这风暴的边缘
作为粒子　我们终于形同陌路

在山中摘下三个人的黄昏

湖南科技大学 / 李健辉

三个人，像冒险故事
叙述过的三个人，将自己围困在
一座无人知晓的山中
三个人把生命抓在手里，兴奋并且恐惧
生命在喘息，左冲右突

三个人可以随意选择一块岩石
度过山里的灰烬层，等死亡
从任意方向出现：
兽骨踩出脚印，枯木发出
布谷鸟的鸣叫

等落叶长满，从水底到山顶
长到三个人的身上
三个人，藤与树的精灵

泥土层活过来许多
多余的生命，跟着三个人
一切生命都考虑过自己的饥饿
三个人有三个人的出路
拿各自的黄昏充饥

梦中的婚礼（二首）

山西师范大学 / 陈　越

绿色的绿

桌边窗口风景真绿啊
这
我喜欢有和你相关的颜色
随风轻轻摇曳
我的心
也像柔顺剂涤过的
软
河流一样
遍布全身的血液
夜色中
耳朵充塞着肖斯塔科维奇
第二圆舞曲
奔跑在小巷
去见你
的欣喜与振奋
跟随
眼前的景
和风、夕阳、绿叶，陡然
空降
没有金色的大厅

晚礼服、红舞鞋、西装
和领结
只有你、我
光脚踩着潮热的青青草地
像醉酒的人
跳着
蹩脚的华尔兹
乐此
不疲……

在终结太阳的暮色黄昏里
我思念绿色的
绿

梦中的婚礼

我蓬头垢面，出现在你的婚礼之上
拉起身穿洁白婚纱的你
尽情奔跑，穿越过人群，穿越过惊诧的目光
我好久没有洗手（此刻）
担心弄脏你的嫁衣，可我已然拉起了你的手
这是一场预谋
瓦解众人的希望，带着你逃亡
在人群的一片唏嘘里，我吻上你鲜艳的嘴唇
令我惊愕的
——红色，红色，红色，红色的鲜血
像泼墨一般，晕开，在你的胸膛燃烧
记得你说过，私奔是你字典里最美的词条
你看，我用你最喜欢的姿势
抱起你逃离人群，逃离惊诧

沙漠之中，一个男人横抱着心爱的女人
轻纱摇曳，别样风情
只是
这是一个伤感的故事：
他抱着别人的妻子，深爱着他的女人。
电影和现实一起上演
我抱着你，疯狂地跑过人群、穿过街道
乘着死神的镰刀
高出屋顶，和云朵并行，向更远的方向

呵，妄想的小巷
只有各色的广告在乱风中飞扬，我在其中
我在梦中，我在巷子的深处，你在……在哪里？

四口之家（四首）

湖北大学 / 黄维盈

四口之家

这是一个四口之家
按年龄排序
奶奶、爸爸、妈妈、我
四套班子，按话语权排序
爸爸、妈妈、奶奶、我
今晚能不能吃手撕鸡
爸爸说了算
妈妈算了说
奶奶算说了
我说：算了
这不是文字游戏
而是我家的民主
欢乐祥和的四口之家
我有时有点怕
怕爸爸一夜之间变成暴君

古诗与现代诗

西施是古诗
金星是现代诗

古诗把复杂变简单
现代诗把简单变复杂
古诗坐飞机去罗马
现代诗主张罗马买票上飞机

悖　论

每个烟盒都写着：
吸烟有害健康
烟民却从不当一回事
照吸不误
吸与不吸
好像是你死我活二元对立
其实不是
二元对立之间
还有无边无际的广袤地带
任君选择

有许多事
你可以做，也可以不做
还可以做做停停，停停做做
做了不一定引来恶果
不做也未必五世其昌
善游者溺
善骑者堕
你看，能做的事做过了头
同样死于非命

萋萋荒草喜欢做客山上的新坟旧墓
没落的权威风光不再

苦口婆心的人生哲理，像一棵草
继续一厢情愿普度众生
没有办法
我只能在充满悖论的空气中苟且
同情永不结果的树
鄙视夜夜盛开的花

海　归

村里唯一的留学生学成归来
我只见过他一面，没留分头
沧桑的脸却像一张天文数字的借据
苍白无血色
这位海归，真的很海龟
专门跑到海外欠一屁股债

盛传此君出国留学
口味很重
就是为国争光
村民问争什么光
海归大哥笑笑
做了一个暧昧的手势
村民全明白了
狗日的出国，让爹娘起早摸黑
只是为了娶一个洋媳妇
嘻——

极简戏剧

云南省楚雄师范学院 / 梁茹雁

故事说，她死掉了第二个爱人
写诗的男人写三行就变白一根头发

我们坐在一起
掐死彼此的时间
直到它变成一只捏在手里的白颈天鹅
不再觉得是被迫地头脑摇晃

故事说，爱人的眉毛粘在骨头上
男人为哲学而得到一间不被打扰的书房

我们花费了同脉的意象和器官
你蹲下来捡所有事物的皮肤
那么厌倦呀
——词　和宝盖头的脑髓
掀翻我们口腔的女尸的手
有皎洁月光的血色浪漫

故事说，爱人的口中布满无数张嘴
因抑郁而沉默的男人　抱着他眼睛里的水

我们从来都互相抚养
胜过母亲的无私

而带有谋杀的因子
英儿眼神清澈　旺夫相
挑着悲哀的鱼骨　走过三千亩地找生还
而找到了唇红齿白的无骨肉欲

故事说，爱人睡了，变成性别不明的白色恐惧
男人拄着阴影的拐杖打落夕阳的脸形

我朝着自己捅刀子
得先经过你
或者　刚好换过来聪明
是镜子的温顺
让我们滑稽

定山术（三首）

天津城建大学/贾假假

定山术

铺开一张山势地形图，和铺开一张
皱巴巴的，中国宣纸
没有什么区别
打开笔墨，不如对着镜子，一一解开衣冠
就这样，我异常安静地褪去
他的青衫
把一些草啊木啊，从身体里抽出
把乔木林还原成灌木丛
把关节阵痛的隶书，请到终南山
把秦朝的统治，放在偏远的昆仑
流放匈奴。添上牛羊，并让他们水草丰茂
再褪
拨开一层麦子后，我终于像
发现一窝蚂蚁一样。发现我的祖辈，他们
像一窝蚂蚁一样地
团结，勤劳，黝黑。啃食着
赤裸的地脉
吹开这些，可爱的缔造者
一张图的最后，还是没能找出
传说中的五指山

以一个莫须有的地名，在碎语里
存活
一张图的最后，不如看他
重新苍翠
看他，蘸了手浓墨，一巴掌拍下来
说，定
桌子之上的河山摇了摇
这些东西，顺着祖宗的血迹
压在，我们体内

追动词

我看着，一只乌龟从她嘴里爬出
或者，一只乌龟正在
尝试完成
爬，这个动作
缓慢，缓慢是我们之间
唯一的距离
——“快去追呀，呆瓜。”
她试图造出
一种舒服的语境
试图剔除嵌在里面的甲骨文，符号
以及生硬
像母亲
翻出藏身于我耳朵多年的
耳锈（二十年了，很多词语被钙化，阻滞于此）
她说，“请，进入龟壳里——”
到陌生里来。一句普通的言语
也有断裂为虫洞的可能
——“孤僻者

欢迎，来到异世界”
垂悬的落日几乎要坠崖
慢，尽管有时你看不见
但一个下午
我确实在追，词语里
最虚弱的
那一部分

偷　渡

哥哥，是谁给你扎的红绳
好痛的绳结。快，快解开
你呀，用糯米做的肉身怎可涉水
怎可不惊扰水中的蜉蝣

夫子说。腊肉，红枣，蜂蜜，豆沙之物
皆能入药
足以缓解身体内部的淤结。却洇不住姊姊
啼哭的血
哥哥，此程。一入水，就成异乡之人

百万龙舟，全是缉拿你的追兵
路漫漫兮。

嘘！你隐去，菱形的骨头
我的哥哥，光着身子。仅用一叶菰箬，偷偷
荡进了汨罗江

征兆（二首）

浙江传媒学院 / 南　来

征　兆

翌日启窗而视，雪深如许
候鸟一样落满

黄昏揉着太阳穴按下去，山和山
普遍呈绷紧的蓝色

焦虑，整个冬天都因缺乏灵感而焦虑
葵花，棉花，荷花，焦头烂额

有时候，喜鹊在月夜里叫
所惊诧的无非是些山茶啊，蜡梅

急不得的，要等树枝产生轻微的眩晕
被子也纷纷斜垂到地上

秋　收

别起头发洗脸
脸盆和水碰撞起轻音
两手打肥皂
均匀抹到脸和颈项上

闭着眼和男人说话
昨天把镰也使坏了
可是把好镰
洗落肥皂沫
绞干毛巾
香味细细发散
晨光透过米黄的窗帘
男人唰地拽开
就着盆涮了下手
端起来一脚拨开门
泼在院里
冷气带香蹿进屋
今天还有些豆萁要割
镰也得借

爷爷躺在坟墓里看火车

上海大学/李　蕾

爷爷走过很多很多的路
墙头的砖隙里塞满了他穿破的鞋底
年少时挑着货担走街串巷卖针线
壮年骑着大金鹿自行车披星戴月卖煎饼
我猜他一定看过很多风景
也交过很多朋友
过年去看他
爷爷拿出他的波导手机
颤颤巍巍给一张小字条
让我帮他删掉条子上的名字
我轻松地按下删除键不忘问一句为什么
爷爷说
人都没了
我的心里很沉
有点明白爷爷的寂寞
七月
爷爷骤然走完了他86年疲惫的人生
爬满秧子的土堆之下就是老李家的祖坟
最后一片纸钱烧尽
火车轰鸣
三叔说
咱老一辈子没坐过火车
在这里就能天天看火车了

开始磕长头的仪式
我忍了太久的眼泪终于可以肆无忌惮地流下
回到老院
踉跄着险些被台阶的青苔滑倒
空荡荡的房间
只剩桌上他的波导手机没有焚烧
此刻心又开始揪疼
这一次
不知道该积攒多少的勇气才能将手机号码删掉

火柴（二首）

福州大学 / 南希砚秋

明　星

鱼人落泪，浪子拾珠
太阳的妹妹丢失了耳坠
夜海无声，唯有相思踌躇

灵魂于孤岛中昏昏欲睡
风呼浪啸，明珠刺眼
才觉同是久别故乡，同是只身江湖

生活不过是一层层的梦境包裹
有人在里一层，有人在外一层
幸运的破茧成蝶，逃无可逃，几许无辜

但请做我灯塔引你还乡吧
不要碰撞了礁石碰撞了孤独
我不欠你泪水，你不欠我珍珠

火　柴

当火柴轻轻划过的时候
我仍记得你期待的眼神

当火柴发出明媚的光亮
我看见你的眼角流出泪水
仿佛是因为
我们记得故乡的樱桃成熟的季节
我们记得围坐院子吃樱桃时
晚风的方向和温度
但我们遗忘了
那棵樱桃树下深埋的尸骨
是一堆火柴送葬的祖父

回家（二首）

广东省岭南师范学院／吴志腾

回 家

乡间的公路，淘气
带着客车向前飞跑。
城市边上站岗的落寞风景
卷入黄昏的贫血火舌
寂静掉色。

田野上随意撒着
白桦树的灵魂走廊。
在那儿，来回奔波的
风喃喃背诵起《圣经》。

逆流的鸟儿
在云和田野的温柔襁褓中
挣扎，一个深邃的问号
慢慢，融入天地铸成的辽阔版画……

我看见你，美丽的花仙子
成群的黄色小花路旁战栗欲飞
是你起舞的裙裾。
你的心纯洁犹如池塘里的鸭子，

而它们同你的鞋一样干净。

一辆自行车缓缓渗入一座丛林，
一个孩子和另一个孩子。
我想要抛弃书本和死亡的诱惑，拄起手杖
找到村里的灰姑娘，成为她的丈夫
像年老了的堂吉诃德。

车厢内灯冷不防睁开眼睛，
月亮在窗玻璃上醒来，
黑暗中它鞭打着我
仿佛猎人驱赶他的猎物，
用上天派来的鞭子。

车，流窜在荒原
一头漫无边际的原始野兽……

事 故

童年是一场事故
之后再也回不去
的房子。
午后飘满
火柴味令人着迷的阳光
在烟囱上空褪色。
衰老的土墙弯腰给草让路，
鸟飞离枝头，
而我蜻蜓点水，轻轻
躲开了父亲的鞭子。
五岁的风车无法飞翔，

蜘蛛用咒语编织
风暴的翅膀，飞向太平洋……
青蛙和瓦砾一道消隐；
弹珠与树菠萝同归于尽；
一根稻草在砖头堆中
夺路而逃。

故事像昨天
井底停憩的一朵云
同波光作和谐秘密的交谈；
今天，也许
是另一朵
同前来汲饮的人们
寒暄起天气和物价；
后天，变了
哭泣的雨点，或嘶吼的闪电——
主人公在魔术师的袍带下
争渡，祈祷……
直到有一天，你发现了
一颗晶莹深邃的露珠
在草叶上悠闲晒太阳
闪出童年的真实与光辉，
你感到瞬间
撞上生活的重心和源泉。

黑色皮鞋（三首）

武汉大学/上　河

清　秋

午后，人流清洗完街道
桂子雨一直下到斑马线。半个江城
就要被隔夜的寒水浸透

这是我见过最浅的海
这就是欲望最低潮的清秋啊

和你走下一道斜坡，见桐叶落满棚顶
扫帚寂静如夜夜归来的彗星

黑色皮鞋

风呼啸着，世人的影子
消失。森林在远方不断地输送暗语
被阴天围困的黑色皮鞋，马匹似的出走
荒漠、礁石，尘埃落定

有时他们也故意踩进雨天
或者更加喜爱沉船于
一小撮湖水，看明晃晃溅起的环形山谷
不分东西地逃逸、消于暝默

同样地，还有春天里就死去的梅花鹿

而此刻你眺望的可能是：
黑色皮鞋回来了，带来了你想要的泥土
和两片锃亮的月光

化　石

我们之间还保有冰冷的骨骼，不可磨灭的部分
沿牙床摸索的红指甲，融入雨后危险的夜晚

与昙花般的碰撞之火、腰肢上的欲望指纹不同
无机物了悟生死，它们不遗传什么，也不去感觉

易朽的一枚吻，多深，也只能落在头骨的外包装上——
百年之后，我们不一定都是灰尘，你要知道：

与空气隔绝，腐烂便会放慢。当我们那些坚硬的部分
甚至我们本身恰恰被炙热的泥沙掩埋，烘干了水分

在透风的间隙躺着，多么惬意，还能做梦
瞧，我渴望的地下水，它们迟缓，嬉游，像优雅的蝶尾金鱼

咀嚼享不尽的花岗岩，因为矿物质很可能掌握着天机
不必等我们腐烂、解体，只要是稀松的有机洞穴

就轻叩一声，钻进去。那些坚硬的部分便完好地保存，成为
化石。一定要慢，电子显微镜才能看清我们精致的

慢动作结构。就这样躺着吧，你再也不能失去什么
日久天长，骨骼的重量，还会不断增加

床（二首）

北京师范大学／王　琼

床

躺在床上
想到另一张床
比如火车上的
或者天花板是另一张
很多床
很多床都冷笑
它们不做梦
但是紧贴着肉体的温度
它们假借温度之名
像镜子
假借我们的脸
我们从未发现过
我们的发现都是
在它们承受了我们之后

自行车的篮筐里装着一头白菜

树断了
脖子也断了
头发掉下来

像冬天里的大白菜

到楼下了，几不容易
寒风里，搓手、哈气
找着位子停车
揪出篮筐里那颗大头
安装回位
脖子一转
嘴里飘出一片菜叶
顶着鱼腥味儿
和待宰的狗的眼神
深吸一口气，上楼去

来信（六首）

贵州民族大学/哑　马

来　信

省去问候，抬头即问：
月光朗朗，可否分食？

雨下了好多年
别后，谁来接通阴阳之路

一首多余的诗

依旧昏暗，开着灯
山雨欲来，嘴巴张得很大
风却黏稠。罐子里发酵废弃的

前三年。后三年，母亲也懒得回来
搬家的灶台还是躲不过青苔遍布
我突然感觉到这首诗的多余

一　刻

漫步到芦苇深处
河水比秋天还要柔软

且坐，我们煮一碗落日

对　立

乌鸦才刚死去
老树又抽出新芽
你转身，镜子窥破你企图的捷径
一个钟点也是如此漫长

群山远赴荆门，荆门以外
尽是群山
干涸的溪流吹不响风琴
来路渺远，黎明同样难以耕种

生　长

面对细碎的瓷片坐下
花朵长出春天，雨滴的雷声及闪电
小抒情曲的嗓子和弓弦、敲击时的其他器件
麦田收割完整秋天，黄昏住进农夫身体
激烈而疲惫，一粒瓜子的播种，发芽
路长出鞋底和双脚，言语长出的舌头、风暴
蓬勃的事物如此之多。可我还是没学会
倒立行走，全部安置在同一条河流
我注定绝望，并在绝望中死去

自　题

群山是我偶然的一次响鼻

不能唱歌，只好用四肢说话
白昼和夜晚，你平静的湖泊中
深藏我压抑的火焰
我曾目睹一千一万次凋零
和凋零后的衰败
奔跑后的草原
有人撩起鹿皮袍子
有人揭开高原的颅骨
一个孩童张开怀抱
从燃烧中拾取炭火
从风暴中抢夺粮食
白色的云朵挂满经幡
借来一座寺院
我从坟墓中起身，带着诗句

蓝色心脏（五首）

浙江省温州大学/杨　阳

黄昏·印象

啦啦啦
啦啦
啦啦啦啦啦

我看到路上走的跳的
我听过行人如织
香水染上，花开四季
耳朵里飘出——桃花
潭水三千尺

我的阿姐、阿妹呦
人生好咯——好时光
你问我今天的江水为啥平
东边的雨开始下
西山头有人望着你

教人、一个人如何无边无际
天空蓝蓝水面蓝蓝
云朵卷起来——啧啧
棉花糖

你的小嘴瞒了许多话
黄昏风很美——鸟归林
树木郁郁又葱葱
从远处想象泥土冒着呼吸
鱼儿扑通跳出水面

若无闲事挂心头
便是人间好时节

夜晚啊独自出游
影子拉得呀可长可长

冬

我坐在阳光下
沉默。我的影子
我以为的冬日
和多年前的尘埃
像细纹
远山。蓝天
和一阵风也会
微澜
多少日子数着白云
炊烟。轻
轻
泥河都下了水

蓝色心脏

葵花开了几朵　精心记录

一个人选择了一朵花而活着

不是杨阳　我怎么生活
设想脱去名为杨阳的皮
这个世界荒谬与否就是你我嘴里的说辞
我以不同的角色存在
神　儿子　蝼蚁

我每周都要坐一辆公交车从城市一头到另一头
试想石头的眼光看石头
用空气的波动观察命运
我是谁　存在　不存在
有一天　如果是每月的一天　每周的一天
或者每天的某刻
你并不是杨阳　没有杨阳
那么这具肉体灵体以何面目示人以及
没有面目是什么存在
杨阳抛弃了杨阳
杨阳本来是不是杨阳
这一刻如你所见　的确颠扑不破的
我属于我的父母　爱人　亲友
可是下一刻我怀疑我是宇宙的一粒尘
我是太阳的灰土以及
不是什么的什么

心脏是蓝色的
制造一颗眼睛

独自来到空无一人的房间

时间还早
朋友们都在睡觉
我出门的时候
太阳还没有爬过小山
天微亮
我能清楚地听到附近林子里鸟的叫声
蚂蚁绕过土坡
青草上有露滴

凡　高

扭曲
痉挛
强暴
宇宙这张白纸
充满褶皱
天空疯了
海水滚了
大地发抖了
矗立
黄澄澄
火的世界
炽烈烧得炽烈
告别舞厅旋转的教堂
秋天所有的土豆分给穷人

耳朵播种夕阳
植物喷出土地
苦艾酒浇灌向日葵
烟斗吐出了鸢尾花
星空照耀生命
太阳
是光是热
是不朽
文森特
活着不是恩赐
死亡不是失败

免费的午餐（六首）

安徽省铜陵职业技术学院／彭晓杨

麻　雀

我想写写
日常见到的鸟
不一定
就是麻雀
只是我不分清
又喜欢叫它们麻雀
就像它们
歪着脑袋
一只眼
分不清
该害怕哪个人
就害怕
所有的人

免费的午餐

露天餐桌
食客刚走
麻雀就围了过来
啄盘子里的饭粒

没有树林
没有虫子
却有免费的午餐
一粒一粒地啄
替人类节约
这些熟食会不会使麻雀的胃
变得挑剔

父 亲

不知从何时开始
我不穿的旧鞋
父亲一定会
再穿一遍
就像他小时候
一定会穿
他哥哥的旧衣裳
不知道
父亲有没有对他哥哥
说过穿着舒服
总对我说
穿我的旧运动鞋
干活很得劲
现在父亲
开始穿我的旧衣服
我替他说
合身

村 庄

最苦的

是发情的猫
只能在所剩不多的瓦房上
假装村里有很多婴儿
哭几声

一粒花生米

一粒花生米
从三岁的妹妹的手中掉落
我对妹妹说脏了
不要了
妈妈拾起
搓皮
咀嚼

佛　像

在返程中
遇见一家石雕厂
门口乱摆着
几尊佛像
它们没机会
被供在
高高的山上
受人跪拜
却恣意
在这山下
淋着春雨
长着青苔

二十一世纪（四首）

浙江省嘉兴学院／陈不染

二十一世纪

前面走来另一个
穿喇叭裤的人
我向她发出了友好的“叭叭”声
她也兴奋地和我打招呼

多年以后
她想起第一次打照面
他的二维码扫过时
心房发出的“嘀嘀”声

一　生

人生中第一次出征
是去上幼儿园的第一天
当爸妈说了再见
我就不得不踏上征途
之后的人生
每时每刻都是思家的心绪

我从秋千上

下来了
童年
还在空中飘荡

十二岁的时候
我去药店买了一盒大人药
一觉醒来，我就二十岁了
少女时代在梦里快进般地过去了

人到中年
泡面头
啤酒肚
萝卜腿
身体发生的异变
可以写成《变形记》

而当我老了，像个孩子一样活着
我退化的双唇说不出我返老还童的喜悦
有一天我回空无一人的家，打开门时
一个外星人坐在我空荡荡的饭桌上吃晚饭

多谢款待。
晚安，最后一个地球人
他登上飞碟前对我说

瓢虫香烟

瓢虫爸爸只抽七星牌香烟
他说
那是他太姥爷一辈就有了的老字号

阳光一出来
瓢虫爸爸就点上烟
四脚朝天地　对着天空抽
他的烦恼一圈一圈
加上他
是三个圆

人类判他为害虫
妈妈当他是拖油瓶
她想带着我（她的心头肉）
远嫁他方

太姥爷抽烟吗
我问爸爸
他深吸一口气
咳嗽声从很远很远的身体里传来

平凡之路

平凡之路上都是人，挤得慌。
无奈之下
我只好选择脱俗，往无人之路走去。

无人之路上
死者在举行葬礼
他死在水里

火在布道
荒原在燃烧

我慌里慌张　四处张望

俗世的尘埃
被荆棘勾去
媚俗的日子
拦腰斩断

一开始，我不过是想好好过日子。
——谁不是如此的呢。

日子却拦住了我
路上都是人
最后我们决定集体撤退
换一种更容易的生活

喂马劈柴　匪夷所思的梦想
我家没有马
更没有柴——二十一世纪了呵！
房子只有一片漏雨的屋檐

到最后，我连春天都不愿等待
——谁不是如此的呢。

生于土地，葬于土地。
终生不见大海。

世间没有流亡之地（二首）

西北大学 / 宋阿曼

世间没有流亡之地

他的时间是相对的。允许妻子在眼前慢慢地
易容。青春搁置在荒原，并且保证不被理解
像一团抽尽木柴的火，将熄未熄，烟雾缭绕
在习惯性失眠的午夜。他定义遭遇，无非是
无法动弹的，流亡。他刻薄自己，轻视自己
并越来越，擅长，隐忍。因为外乡人的身份
像万物低垂，他只走在黄昏降临后的林子里
他对四季失去知感，将一件衣服洗过很多次
他抗拒拍照，留影会泄露他活着的蛛丝马迹
从庄稼地逃出来时，城市将他抬得很高很高
给他一次性的拥抱后，用新的标准摘掉了他
他周身混凝土的气息，早已不被故乡所辨识
他是自己的弃儿，早已不再指认路径。然而
新生的啼哭，在麻木中涤荡。救世的主降临
给肌体灌注意义，迎接降生和迎接死亡同样
欢快。未知，将他拉扯，就像他第一次出走
他画出疆界，直视妻子的眼睛，摒弃旧念想
“故乡啊，我们都太老了，还是不见的好”

他最终要谈的

他最终要谈的，在他从口袋往外掏硬币时
被他人先行领悟。星期二的早晨，在市场
从水果铺出来，权衡葡萄的甜度及保质期
听到孩子的哭声，叫卖声和几个人的心愿
他将诸多事情强行写进诗行。光线和流亡
情感的错乱，像在燃烧，由内而外地进行
一个人生阅历的仆役，已经模仿过许多人
幸福。双膝跪地时的举义，什么是幸福感
手掌心里：希望全在那里，被保护或偏爱
不满于猫的死亡。它渗进身体里，一部分
愈演愈烈，一部分焕发新生。他怀疑一切
怀疑，怀疑他为何会怀疑。自言自语病变
未加证实。街道，商店，公路口，骑行者
洋葱，外衣，天气预报以及迎面走来的人
快进与回放，假象与眼下，发生与未发生
他将自己视作异类后，顿悟他最终要谈的
在天上。稀释诗性，是为了，像个普通人

多肉植物（四首）

西南交通大学 / 姚　巍

归来的旅程

收拾完行李，我们坐在桌子前碰面
旋转手机屏，下午的阳光。照在门外的栏杆
那些我没来得及收起来的
袜子上。而你抽着烟，灰色在半空消散。
成都依然有些寒冷，就像你的红领巾
有些破旧，它在你脖子上已有多年的历史。
一道黑，一道灰，像是有人穿过的斑马线
那些我们走过时醒来的老路。
二十年后，我早已失去相信你的力量，
搬到了桥上，喝啤酒。惧怕陌生的电话
拒绝凝视中蔓延的雾气，一动不动
等待绿灯和医生的判词。
剩下的时间里，我们去吃晚餐，用勺子
分开蛋包饭，像是梦里一直做的那样
那个没有脸的女人你一点都不陌生。

多肉植物

梧桐要高于柳树了，此刻，
已不是银杏发苦的季节。

早上6点，我都会被飞机的爆破音
过早地唤醒，刷牙，咀嚼窗外的鸟声。
（它们储存着脂肪，正准备远离我们的眼睛）
道旁的大叶樟无疑是比不上香樟
让人熟悉，我还是记住了
他的名字。（偶然抑或故意？）
因为玫瑰和鸢尾的一场战争，樱桃和樱花
让人无法分清，死者和鼻血的距离。
我早已双修了植物学，懂得如何发酵野草
和蘑菇，认养一只没有父母的火萤。
而你，远离地面十米的绿色花朵，独自待在阳台上
君临细小的国土和王冠，正与厕所为邻，日复一日的
沉默不语。（想浇水？求我呢，是医生让我这么做的）
因为新闻署的一纸敕令，你拒绝
成为我的山鬼，或者二次元少女。

秋 千

那里没有秋千，
我是指在我的童年。

在黄金的年龄，这里
是煤渣的跑道，和尖锐的
铁皮滑梯，
我们腹部接触的
掉漆的单杠。

之后，我们是不孤独的牧童
曾很轻易地向下
如此进入一条鱼的身体。

从一个名字到另一个
潮湿中溶化的
垃圾桶。鱼骨头，猫
正在叼去。
迄今为止，我们仍会
因为一些小事改变。
比如说空气的质量和排座次序
而我，也会依然赦免你的呕吐——
你从没成为过鸽子，
你再没变成过甲虫。

帕拉杰诺夫的碎片

门前，熟悉的老虎还在青铜里练习
跳水、一个女人的历史剧。众多残肢
将她扮演：愿望吃人，也吐出绝望的果核
很快，时间的士兵将从海底游回
数落离场的演员：你们用花瓣替换黄金
这是过于童年的错误
但玫瑰并非总指向深渊。而日期
她说，死于厌烦而非失落

有点凉风（三首）

湖南省中南大学/猴　子

赤　子

我突然爱上了背道而驰
我先于春天走在路上
先于白云与羊群
先于牛马遍野的牧场
先于安静、古老的水井
先于精灵飞舞的森林

我走在所有美好之前
尝过所有辛酸　怂恿和欺骗
走在干涸的土地　蹚过辐射的河溪
鲜血　和畸形的生命
草原哭泣　阳光悲鸣

当我从无处落脚的人海里归来
衣衫褴褛
我虽沉默不语　却开始明白生命
我称呼那匹饥饿的马为兄弟
我俩相互搀扶　等待
等待我身后的春天赶来

灯 火

我依赖着城市
在街道和小窗前留下痕迹
却足够沉默
在喧嚣的夜晚出走过城市
最后　与黑夜相识

我抚摩过刚刚痛哭过的墙
身旁路过失恋喝醉了的情人们
我假装闭眼　无心细想

我听到一声遥远的呼喊　来自另一条街
断续不清　越过屋顶　断续不清
守夜人的脚步声　默然而止

终于
我可以不谈论黑暗
不谈论内心的火焰
当我说完的时候　我想到了你

我终是与黑夜相识的那一个

有点凉风

我只愿望着天　直到黄昏为止
藏起心事　此时应当矜持
我去到一个有五个季节的地方

那里的春天桃花三两枝
河水欢欣　葡萄上市

那里的夏天影子零碎
情人们失眠　夜晚不太黑

那里的秋天没有离别的风
叶子会跳舞　孩子不挑食

那里的冬天炉火旺盛
有相互搀扶的手　有大雪和白头

那里的第五季是一场孤独的梦
告别之后　便是重逢

那里的日子　有点凉风

不解释（四首）

北京师范大学 / 张伟大

有头有脸

几只苍蝇
上下翻飞
一会横冲我的头
一会直撞我的脸
我一会儿挠挠头
我一会儿摸摸脸
我极力配合着

不解释

我想有一所大房子
用来装一些秘密
看到的、听到的、吃到的
其实人生并没有多少奇异

小家碧玉最写实
红花绿叶让人醉
我，常含感动的泪
青赤黄白黑不解释

长空鸟鸣留墨迹
片言只语是真理
我，常含感动的泪
角徵宫商羽不解释

满口余香有意义
细嚼慢咽长流水
我，常含感动的泪
甜酸苦辣咸不解释

20150610

飞鸟藏在风里
高飞千米
游鱼藏在河里
远游万里
人藏在人群里
抓飞鸟
逮游鱼
乐此不疲

读读写写

找一个干净的地方
读书，读给未出生的孩子
也许是个男孩子
暴力的章节要少读
读太阳，读高山
读在太阳底下爬高山
读高山行云

读一些小感触
伴着高山行云游动

过一生安静的日子
写信，写给未出生的孩子
也许是个女孩子
唯美的句子要多写
写月亮，写大海
写在月亮底下看大海
写大海清风
写一些小情绪
迎着大海清风幻化

向死而生（四首）

湖南省南华大学/安旭环

向死而生

时间和地点，选好了气候
此刻你登上云梯的黄昏
做出最后的决定，结束八月
当我天明返回

你化为朝霞中的百灵鸟
飞向永生，留我观察一切
写信告诉你：桌上的灯灭了
再一次坠入未知的圈套

一切都是身后的模样
新闻准点播放，你应该很清楚
否则不会让自己猛烈地
撞击大地

我没做的，你为我做了
代我了断众多黑夜，干净利索
让
沉默的羔羊不再尖叫

让她休息一会

远处五六岁的孩子
在黄昏的广场不知疲倦地追逐
森林外延边
受惊的马儿来回打转
紧张一生的琴弦渗出细腻的水珠

让母亲呼唤玩累的孩童
让有经验的猎人安抚受惊的马儿
让乐手温柔地调整紧张的琴弦

我的广场，我的森林边，我的琴弦
没有呼唤，猎人去了哪里，绷断的琴弦

假设相逢

假设相逢在一首你爱的歌里
夜有弯弯的角月有温柔的光

假设相逢在一段你爱的字里
此刻你的心情就是我的心境

假设相逢在一部你爱的电影
你做蓝莓比萨我吃唇色樱桃

假设相逢在一首你爱的诗里
看远处的云近处的你是一样

假设相逢在一座你爱的都城
推翻假设不在相逢，在相拥

愿你永远不曾读到

一直想为我们写首诗，朴素的诗
如我想和你一起生活
（茨维塔耶娃）
折角的植被在梦中疯长
你爱的枕草子
上下翻动我的手掌
也许你现在不爱了

一些美好的人和事把我带向你
昨日，邻座咿呀答语的儿童
使我想起，你已为人父
黄昏共进野餐和爱人
在一个陌生女人旁边
对面坐着风尘仆仆的恋人

该用什么精致严密的结构
框住你渐渐流逝的面容
用怎样不露痕迹的诗艺
描述花叶一瞬分离
……

我的诗里处处有你
但这
最拙劣的一首，愿你永远不曾读到

孟氏村：巫词（节选）

兰州财经大学／孟甲龙

3

昏鸦落在村头的老树，从此枯藤开花
带给村人盼头，姑娘对着太阳跪拜、祈福
点上香火，烧上纸钱，斟上高粱酒
挣开黄土地的繁文缛节，解除枷锁
我看见，星子跌落在银河系
贫困没有逻辑，却和进化论一般完美
赞扬佛陀，赞扬行将就木的脊梁和贞洁

想念故乡的云和母亲，想念案板上的鱼头
和笔直的擀面杖，眼眶悬挂在夜空
面条与谷秆争高，弯成弧形
像母亲的脊梁，姑娘月事来临之后
我察觉到失眠真相，无非是预知未来的大爆炸
与揣测死亡之后灵魂的归宿问题

4

没有勇气逃离故乡，去探索彩色霓虹灯
步履触向远方，忘掉贪、嗔、痴、怒
铭记食物，唯独漏掉苍蝇和穿过窑洞的光

村人挑逗着牲畜，耕牛除了犁地
还可以寄托性幻想，阳光升起，族人开始焦灼
熄灭煤油火把，熄灭嗅觉，熄灭喧嚣
和田鼠一同苏醒，共享残存的土豆丝

命理，是埋藏在黑夜的累赘，孟氏村
只剩儿童和胡须，为猪、羊建立伊甸园
剪掉蹄子和老皮，埋葬在村中，栽种牡丹
喂养一只乌鸦，日夜歌颂守墓人
当孝子来时，母亲贫瘠的五音越发响亮
阴阳人口中悼念谶语，比命还老
我也遗传了携带巫词的基因：逢鬼叩头三次

8

乡人在饥荒中，啃食骨头，用手指谴责
银色器皿，乘着暮色向河西走廊迁徙
我是流亡诗人，忠于宣纸和狼毫
忠于人间独孤，忠于雪花洁白
猫头鹰的羽翼形同虚设，被一股寒风
虚构成雕像，成为千年之后
赏心悦目的斑纹，洗濯世人的臆测

粮仓越来越空，父亲一遍遍默念悼词
为地下亡灵歌唱，褪去衣服和皮靴
火热的皮囊，裹着滚烫的心，冷的骨头
与狰狞的微笑，妹妹嫁在邻村
嫁妆除了匕首，就是锅碗瓢盆，我无数次
迷失在夜里，却是第一次盗走昼的影子

9

孩子追逐暮色，玩具除了猪牙，就是鸡头
从百花丛到祖父坟，一路找寻
故乡的图腾，不敢直视
父老乡亲的眼睛，大口吸吮钞票与美丽火焰
无法预测，他们在肚里怎样议论
村里五个光棍的将来

父亲出家，遁入空门，家族命运跌至冰点
是贫瘠爪牙创造了隐形疼痛
我承接了父亲的信仰，终生孝敬神灵
从生到死，也没能挣开黑色囚笼
揣测暴风雨之后倒伏的麦苗
在山间流浪，死亡沼气，如同脐带
穿过我的心脏，抵达孟氏村

12

族谱，把贫苦日子封存在木匣子
给流浪者馒头，用指甲凿出光的身影
凿出写实派画家的成名图，把蚊子
捕捉归案，用母亲的碗盛下人间悲伤
重新启动乡愁，舌头太疲惫
无法叙述出裸体女人和挑水汉子
在一片雪花掷地之前，我要埋下光的种子

苦难在电闪雷鸣后，昭然若揭
被驯服的风声，在黎明逃遁

一句谶语，预言了死亡轨迹
爷爷葬在群山之间，遍地枯草
虚构出一部关于饥饿的成名史，以黄土命名

静坐之诗

华中师范大学/阿　海

一

午后四点，空气像黑暗的沙砾
有的人正在死去
但我不是高论阔论者
我从书里逃出来，从亭子毁颓间投下的躯体中
逃出来，没有人再认识我
我感到独居的渴望，像一根刺
深深嵌入每件事物的内部
像受激后，畏缩的蚌壳
我看到晨练后回家的人们，洗手
举起杯子，把蠕动的咽喉埋在玻璃后
没有什么不让我感到渴
这个即将到来的夏天
一两只麻雀照旧飞过我的窗前
浑身黑暗，叽叫着更远处的饥馑
它们的失败无迹可寻

二

打网球的人在铁网里
在凝滞的景物里

我深深迷恋着这种对立
傍晚灯光昏暗，像呼救着的颜色
我沿着一条小路穿过
校园，快递等在物品架上
废弃的植物默默拓殖着自己的身体
水线在升高，但无人察觉
一幅插图或是，街道暗含的比例
天气预报预言了一场雨
但迟迟未下，还有未来的高温
情侣们在暗处拥抱
他们吐着虚沫，满不在乎潮湿的身体

三

我希望生活可以重来
脆弱，激情，一切在路上的标牌
都可以被我翻转
我感到孤独，很多年
体内的另一个人死于简单
午后，邮筒大张着嘴枯存我的衰老
红色建筑则寓满冷静
灰白的石子路通向寂静的巢穴
我走得并不深刻
秋天的命名运动徒耗了
我的心，我拒绝交出身体
像一块苍老的苔藓
城市的座钟停滞已久
而我一日两次返回宋庭

人生这趟列车（四首）

中国社会科学院 / 李晓波

请您戴口罩出行

百度和淘宝
共存于崭新的界面
李彦宏说
众里寻他千百度
那人却在灯火阑珊处
马云说
欢歌在今日
淘宝即天堂
天气预报说
雾霾严重
请您戴口罩出行

大学 = 近视

四米外的距离
依依指着墙上的拼音表
姑姑，这个读什么
看不清楚　我老实告诉
蹦跶着跑过来
伸直了眼睛

看得清楚呀
姑姑近视，看不清楚
哦，她若有所思地说：
姑姑读大学，依依还在幼儿园

人生这趟列车

每一个站点都有等待
停驻的位置会有空闲
与甲乙丙丁共存
在每一个美丽
和不美丽的时刻
微笑地并肩
或是踟蹰后的反目
没有同心圆的完整
路过每个半径
和伸出的手臂旋转共舞
双手相握抵达内心的时刻
再见也会不请自来
穿梭在不同的调色盘上
我们逐渐找到
被自己隐藏的自己

婆媳纪事

这个家是平息的战场
每一个默不作声
时刻
在婆婆心中
都是燃起的烽台

抱着孙子　喂奶　吟哦
淘米　下饭　抱怨
一天不归的儿媳

偶然要外出
留儿媳在家
“一个人，我怎么带孩子”
“我带着孩子，还能忙家务呢”
“妈，我媳妇她还年轻”
一句话熄掉一场火
在儿子心中
年老是魔力
不可能都会有着契机

顿悟（四首）

四川农业大学/曹　鹭

三月末的雨城区

三月末的雨城区寒冷还未退去
你的谎言开始蔓延，陪伴变得虚无

更多的事件相继发生
如同雨后的春笋茁壮成长

可我那斑驳的灵魂啊
跟随快速上涨的江水去向未知的远方

大天使端坐云端
秃鹰沦丧为死亡的信使

好的或坏的事物在世间以讹传讹
命运多舛的人在只言片语中静候佳音

顿　悟

今夜，我丢掉了我的灵魂
在寒风中奔跑，雨水透过我的身体
就像你在我的生命里走过

等 你

我站在舞蹈室外在等你
大提琴，小号，各类乐器各自演奏
我像是一个陌生的游魂，在走廊上徘徊
一切都是陌生的，包括你的舞姿

傍 晚

傍晚的时候
我站在阳台上，像一个木头人
仿佛这个世界与我无关

我看见道路上来来往往的行人
就像看到无数个我
为了各自的事情忙碌着

夜雨突如其来
惊慌失措的人群四处奔波
我还站在原地，等最后一个我归来

近在眼前（五首）

云南省昆明医科大学/陈　墨

风　筝

——致 M

不应该过多地谈论，去或留。
奔跑的也不一定是笑声，
毕竟面无表情
占这个世界的绝大多数。

春天免费发放突如其来的感冒，
领取的对象
仅限夜晚不睡觉的眼睛。
一旦风吹过，总有虔诚的跪拜
发生在寺庙之外。

草地上，一半的阴影来自
正在天空中挣扎的风筝，
另外一半来自
不愿开口的沉默。
手中线在切割着阳光，
每一次拉扯，
乌鸦总会谄媚地表示同情。

风筝还在手中的时候，你也不笑，
风筝不在手中的时候，你也不哭，
天空多了一位不速之客
——无言的避难者。
上帝每收容一扇无家可归的风筝，
春天就把自己的寿命降低一个百分点。

寂寞的季节

只有一边翅膀的蝉
音调降了一半
从夏，到秋
为何翅膀还没有找回家
为何她还没有闻声而来

近在眼前

后来晚睡就不需要理由了
成了习惯，种植在贫瘠的脑海中
无须灌溉，也不需要长大
夜就那么长，失眠不可能活得
比一盏路灯从睁眼到闭眼长久
幸好还有白昼可怜人世间
否则这一生，又要多承受一倍的无眠

想拦住一些东西的时候
发现面目已经陌生，不敢触碰
怕认错一个熟人，对不起一段往事
于是，我等秋天凉透了才喝茶
见到知了的尸体才确定栀子花落

岁月是个整形医生，如今陌生的脸庞
在被送往手术台之前还对我温柔地笑

写尽可能长的诗句，这样一来
对图形的掌控力可以更强一些
月亮是圆形的，天空是弧形的
美满总在残缺的摇篮中自我堕落
杂草可曲可伸，曲成戒指，伸成利剑
零星的过客中，有人是另一个人的情人
就有人是另一个人的刺客
人间有灯火的时候就不再需要太阳
我拥有寒风的时候就不再需要往事

忘掉悲伤

天暗下来的那一刻，风铃开始演奏悲调
低调或高调，都无法影响悲伤的尺度
悲伤没有尺度，一旦发生，平地就成高楼
总有人光顾边缘，以站立的姿态演示沉默
我没有想到死亡，站那么高，只是为了吓唬
胆小群居的悲伤，给她们一次富贵的机会
从瞳孔逃逸到天上，调和一朵乌云的酸碱度

任何转变都发生在瞬间。才一眨眼
树枝少了一片叶子，阳光少了一寸领地
电线杆上的麻雀，怎么数都比上一刻要少
因为眨了眼，我没有看到，但可以想象
麻雀飞走了，黄昏来临了，叶子是死了
任意的一阵风都是轮回的催化剂
任何的一瞬间都发生着难以逆转的化学反应

江边的硬石，海滩的软沙，记忆可以
让一个人同时身处两地。在海边，我看到
江水面黄肌瘦的模样。低一点的事物才会
更加清澈。海底十米，有白云；
海底一百米，有太阳；海底一万米，有宇宙。
是的，最深暗的地方，藏着世间最无瑕的纯洁
在海边，我一直盯着海，忘记了缘由

十六岁

我又开始厌恶自己
这次打破了常规
时间提前了很多
原因是对面那个单身女人
那个整夜开灯睡觉的女人
没有在今晚八点钟时拉上窗帘
而是在明天的凌晨两点才拉上
之后也没有立刻躺下睡觉
而是走来走去，前后左右
她的影子把夜都踩碎了
清晨七点她才躺下
那一刻，我的自我厌恶才消失
那一刻，我才发现梦的胚胎
在生死之间往复循环
那一年，我十六岁
一整年的十六岁

傻　瓜

河南省商丘师范学院/咩咩咩方

入冬下第一场雪的时候
我在山脚下
遇见了一只小松鼠。
我惊讶他怎么不冬眠
他说
傻瓜才会在冬天睡觉
下大雪多美呀。
第二天
我发现了他的尸体。

遗　嘱

首都师范大学 / 付嘉敏

如果可以
就把我想象成
斯堪的纳维亚的水手
在一次出海中偶然丧命
某个深秋的早晨
迎着海面上的朝阳
写下我的遗嘱——
朋友啊，你知道
我不爱女人，不爱烟斗
甚至不爱大麦啤酒
我的口袋没有金币
我的故乡没有亲人
这世界也没有我的
一块石头，和一棵树
我只能，留给你这些
春天，海洋，信天翁
海面上跳跃的阳光
黄昏时安静的山谷
留给你落了白雪的复活节
和仲夏星光摇晃的夜晚
当晨祷的钟声响起
请看看深秋蔚蓝的天空
那里还有我留给你的
无止境的风和自由

地铁（六首）

华南师范大学/胡淑婷

地 铁

撬开地表的外壳，
超负荷运载的车厢蛔虫般蠕动，
人们借此在这个城市的五脏六腑进进出出。

一个有月的夜晚

一尺夜幕把地球裹成一间暗室。
假如你愿意，就请你想象一下，
数不清的星星其实是它数不尽的破洞。
听说宇宙一片漆黑，
天外却照来了月光。
矗立的高楼宛如一座座现代监狱，
城市里奔波驰求的人蚁，
在每一个有月的夜晚，
都会回到自己的铁窗内，
舐舔白日跌跌撞撞的新伤旧伤。
霓虹的疏影在所有太阳缺席的夜晚，寂寥地闪烁。
黎明一到，社区里的囚徒倾巢而出，
又要为了饭钵悻悻地赶公交挤地铁。
慢慢来吧！一如时间一长，

男人总会对每一个女人都失去新鲜感，
只有他习惯地能留着过日子。

人到中年

两个妇女正在喋喋不休地聊着，
另一个不在场妇女的八卦。
前天她们说，她嗜赌如命。
昨天她们说，她败光了家产。
今天她们说，她实在不算一个好女人。
在自己家里、在别人家里，
她们反复地聊着一个女赌徒，
打发了一个又一个下午。
就这样，她们拽着别人生活的边角料，
度过了人到中年的危机。

袜　子

一轮弯月静静地悬挂着，
悄悄地，撕破深厚的云层，
缺口溢出一地的光华。

她最中意的袜子穿了一个孔，
今晚在洗它的时候她才发现，
一双蓝白条纹的棉船袜。

它陪她走过阒无一人的街，
它跟随她反复路过图书馆，
它看到她身边，一拨人来，一拨人往。

夏日被烈阳炙烤，雨天被泥泞淬炼，
它越发硬实起来，
她内心却变得越来越柔软。

她给袜子倒上许多洗衣液，双手揉搓。
透过洞口她窥见，许多
道路曲折缠绕，
凝冻的错误突然开始起泡。

爱情，微恙

阳光透过窗，恰好落在你身旁。
目光落定一点，偶然和你对视相望。
你给的两颗糖使我心有异样，
你说的那些话让我心存希望。
有时你和别的女孩也这样，
有时觉得只有我这样想。

全身的血液以12秒每次的最大速度
途经我内心的莽苍。
一切牵扯不过是自己在托腮幻想，
一切心动不过是个把戏，罗曼蒂克杜撰的谎。
勇敢的话都是给别人的，
哪个人不对自己的事躲躲藏藏。

不如收拢了心，来一杯佛跳墙。
毕竟你不是生活的中心，食物才是。
你得知道——
比起吃喝，人们似乎更容易节制爱情。

母亲

你钟爱家里的红枣，肉硕核细。
于是在学校也点了红枣蒸鸡，
忒小，和走了味的甜。

你最爱母亲煮的排骨，香气扑鼻。
于是在饭堂也点了香芋排骨，
花了钱，买得一堆白骨。
你说右边的肩胛和左边的不对称，
母亲一脸怜惜问你，疼不疼？
你关心的是美观，
母亲在乎的是你的感受。

于是你知道，迄今为止，
她，才是你可以依傍而不必怀疑真心的人，
她，才是爱你而不会偷工减料的人。

祈 祷 者

中山大学/黄 浩

一

在凌晨的两点钟，
车轮碾碎了石桥。
我睁开眼睛摇下车窗，使劲
咀嚼有泪水的空气，
吐出怀疑。
就是在这凌晨两点钟，
梦里梦外都是黑色的延伸。
路灯照在燃烧的影子上，
一边沉默，另一边浮动。
我左手掌握这个世界，
右手把它毁灭。
而在凌晨的两点钟，
我看到了六月的光芒。
预感漂泊在电线上，
就像撞死在电线杆下的老斑鸠。
没有来到的先知，
是凶手残破了温柔。

二

每个人拖着残缺的躯体，

用谎言来掩饰所有纯真的灵魂。
时间不止，
风从窗外进来，撞击皮肤。
外套褶皱上充满了复杂，
情绪肃冷后冻煞的年少。
我闭上眼睛，感受
每个人用面具遮住的脸孔！
黑暗中炸开一团雪花。
白色的火焰燃烧整座城池，
带无喜无悲的冷漠。
如同最浓密的深林里，
有着雨水浸泡过的草质茎，
我看不到一点生气。
窒息一样美丽！
我想：
像这个封闭的国度，
我们如何逃出？

三

逃！快逃离追逐。
趁黎明尚未到来，
趁梦游人梦呓的祈祷，
风尘中预感疯狂爆发。
灵魂在游荡！
我在哪里？快走，
耳边有那层层回音，似惊恐
模糊了扭曲来成就变形。
是呼唤也许是驱赶，
我再次打开眼睛时，

看到一片假惺惺的黑暗，
但那只是一块冷硬硬的铁！
魔鬼躁乱地压在外套上；
饥饿如梦。
说谎！眯着眼睛，
诱惑是冷得像白骨的月亮。
我孤独中空空祈祷：
安然地睡去，
醒来忏悔。

弃子不弃

广东肇庆学院/黄凯锋

泼洒星空
仰卧观赏

他消沉
无力
他化作一尊傀儡
背后的线无情地驱动着他

他是黑夜的影子
被冷落，排挤

他挣扎
呐喊
只为得到肯定

他想要奔跑
超越束缚
赢取光荣

可淡漠的　沉重的　迷茫的　自卑的

他将被击退
期许不弃
守住心底的一丝亮光

睡着的过程（三首）

南昌大学 / 抱羊逃出

疲

下午三四点钟的哈欠
如同白墙上破壁而出的图钉
我佝偻着身子
再也不想尖锐

不断小的我

一小时的五十八分钟里
我都在藤椅里萎缩
窗台放进秋意的风
树叶在高处晃荡
我还想把那剩下的两分钟也埋葬
把垒起的土块都背在身上

晚　霞

我冒冒失失，打翻了晚饭
一瞬间光芒万丈
某地有人用力撒开渔网
某地有人逃到天上

草哇　树哇　河哇　蝉哇
疯子哇
都在叫　都像着了火
在不断后退的房子里
满载着鼾声的小船终于靠岸
月亮泪水汪汪地贴在了门上

何以维持（五首）

河南许昌学院/林　想

为数不多的恐惧来于自己

有人咀嚼黑暗，
像咀嚼一块石头一般，
津津有味。
有人咀嚼民族，
像咀嚼一片秋天一般，
凄凄惨惨。
唯有你看见，
这为数不多的恐惧来于自己，
像所有亡魂踏过的，
通向阿尔泰山的路，
风幡招展。
唯有这为数不多的恐惧，
被诗人囚禁，
然后换个面孔重新放出来。

病　人

病历上密密麻麻的诅咒，
护士的叮咛更新着
生命的进度。

病床周围是刺鼻的福尔马林，
血液里游走着一群精灵，
却无法辨别属性。
唯有凌晨时分，
一枝月光爬进了，
他的手心。

在城市里隐居

我在这里很快乐，
所有人都不用担心，
我的夜是正常的夜，
我的温暖用炉火架起，
每天可以扫地，
每天可以叠被子，
有人来陪下棋，
有人带来新的茶叶，
有人拿着诗稿争吵，
院里有一只木桶，
打上的井水，
洗出来的脸不带，
伤心的尘垢。
我的门没有装猫眼，
角落用绿萝代替摄像头，
窥视一年四季，
记录身体的快乐。
在城市里隐居，
在高山上落雪的农家院里，
在亿万茫茫的人海中，
拿出那条绿草围巾披上，

每个周末不下山。

热

多么幸运啊，
这节火车是冰冷的，
灯光是冷的
座椅套是冷的，
玻璃是冷的，
铁轨是冷的，
埋头点手机的人是冷的，
播放的歌曲是冷的，
远去的是冷的，
目的地是冷的，
出发地是冷的。
多么不幸呢，
我的血是热的，
我的喉咙是热的，
我的我爱你是热的，
我的热是被你活生生拨出一道口子，
才得以温暖这幸运的冷。

何以维持

用发动机维持生命吧，
用烟草维持神秘吧，
弗如破旧的门环，
掩藏着稀有的高原。
何以维持整夜沉默，
博尔赫斯的小说读得太多。

寡妇的枕头丢在
沼泽地里生根发芽。
何以维持匆匆脚步，
男人女人相互拥抱，
白天黑夜相互纠缠，
从故事里衍生出国度，
有一个酋长读出宣言，
一个部落就走出世界。
用发动机维持纪念的意义，
用远方的人，
当作死去的爱情。

环形铁道（三首）

武汉大学/刘　斌

望京公园

那辆下午的电车是开往黄昏的
也开往祁家坟。说着
我散步到了望京公园的铁门
朝北望，小山上的望北亭在雾中隐约
才离乡几日，那落黄的柳叶
在我眼中尽是被秋雨淋湿的客愁

在游廊中眯上眼睡了多年
天边垂下的柳条在水边影绰，如梦如烟
上山时云积日暮，下山时风向傍晚
那座亭子在望着离客
我的囊中装满了细碎的鸟鸣
在望着来人

环形铁道

我们并立在铁轨上，憧憬着
你说起往事，我想到未来
与爱情，与那多次出现在我梦中的远方
那条路漫长到通向我们世界的出口

我们在白云下浮想联翩
想想某一天真的能逃离这一切
想想它会带我们去往何方
那很美的鸣笛声响起，火车来了
我们没有勇气卧下去
想着等明年春天再出发，望它一眼
我们离开了铁轨

秋　天

你脚踏着风远去
你款款而过的是落满蓝窗子的路
曾经我趴在地上倾听鸟鸣
天黑以后，我在泥土中埋下一轮月亮
我埋下的是内心空白的落叶
我埋下的是我

黄昏向西滚落，黎明向东燃烧
我徘徊的琴声是一心飞向春天的大雁

秋天，我没有语言或花朵
我住在满天的马蹄上，奔向结局
我面朝的是桥，一个季节的遗憾向我盛开
秋天，总有一盏无法释怀的灯和远方
总有一言不发的河水倒映着一切

路过一夜（四首）

福建省闽江学院 / 王绮瑞

戌　时

暮色收起最后一柄箭
碎石翻涌
一群受了惊吓的麻雀　擦过
挖掘机的轰鸣　撞进茫茫夜色
黝黑的峰云交界处，霓虹的
潮水深入
信仰肩膀上站着匆忙的晴天
乌青的眼眶关着一只飞鸟
飞鸟曾向往自由
镜片后闪过一道锋利的光
路灯看到，抽泣了一下
惊醒了阴影中拥吻的男女

亥　时

那一晚的城市织上一圈银线
波光潋滟
蜘蛛在微风中晃荡
筷子散发出香味　水煮酸菜鱼泼洒了一桌光阴
酒色熏红了脸庞和眼眶

嚷着“好” 手心的墙壁摇摇欲坠
左右脚踩在天平的两端
刺青吻在左脚踝 右脚沾染石灰
借此保持平衡

风在我们的耳边叫嚣
攥紧了耳膜和心脏
这让我的灵魂升起
在乳白色胶状的树林中 看到了透明的夜
以一种绝对的威严 审视着椅背上
突兀长出的脚丫

丑 时

猫空着胃踩过灯火通明的麦当劳
几只斑斓的蝴蝶飘过街道
睫毛下的眼影扑灭了光晕
黑布遮掩了云朵 天空 和真相
以及一年前的月光
是野渡头的一只船 无人问津
街头的灯在雨丝里发亮 像一只湿漉漉的眼睛
你坐在候车室里 也是这样的眼睛修饰着你
比教堂的婚礼还要真挚

寅 时

清洁工挥动着扫帚 掀开了黑色幕布
唰啦 唰啦
城市的眼睛被拉开 黎明随之降临
稀疏的脚步声贯穿耳朵

我的名字刻在一张纸上
随着微凛的风　打了个旋儿
落在母亲迈下床的赤脚边

十行（五首）

重庆大学 / 张勇敢

高地十行——给梦蝶周公

来信问我风雪的，便于立春时站在高地
一年之始，往词语缝合处藏身

站在高地，望千里远如同想千年后
山和你都在虚无缥缈间

不如就此坐下，提笔。若回之以山河
必问云起何处、往何处、灭于何处

回其花草、回虫兽，就打着月色，摘星
回人间冷暖，便提灯夜行，也登高楼

站在高地，想你行至山雾起
轻轻一笔、一点、一滴、一分行

无题十行——给查海生

挑选一张面孔，竭尽所能，存活于世
谨慎地吃饭、写诗、思念母亲

没有人知道，我藏在人间的面孔是古老的
二十五年，它一成不变，但在夜晚
陌生人的四肢擅长于乘虚而入，偷盗思想

没有人知道，较于内心反驳的怒火
我有更充足的理由说服自己：
“拿走吧，搬得动的就搬走，搬不走的就砸了”

在春天，谨慎地活着，近似于雕刻艺术
什么疯狂地生长，什么就会失败，就会置人于死地

重庆十行

雾，薄而轻的雾，从钢铁中升起
一旦它们漫过来，我就会立刻爱上这座城市
（有些爱比爱一个人更容易）
隔江望去，恍若择任一方向都可以羽化而登仙

眼前的重庆，江水屈从于桥的两翼
春光借其滑翔，若隐若现
谷雨过后，有人在此以诗佐茶
有人歌，便有人和，有人听

今日重庆，淫雨霏霏，宜疲惫、宜迷失
忌离开，忌大彻大悟

蓝色十行

你眼里的春天是蓝色的，它不像海
泛在你茶杯里的小岛，一会儿向东，一会儿向西

或是天空，选择一面镜子挂在云的反面
是风就会安静，是雨就会停息

你说，我曾是这样的颜色
我的轮廓、我说的话、我走的路都是

你说，那些在春天相爱的人，时间久了
他们的颜色就会长成相同的模样

那些分开的，便顺着黑夜的边缘，一直跑
直到另一个春天露出可爱的肩膀

金刚碑十行

春天仿佛一次谋杀
踩着村子的春天
便可以长大成人，肆意妄为
直到风起时，两山相让
干涸的嘉陵连你也无法吞咽
便去人间，努力活着，有所作为
疲惫时，就地模仿故乡的模样睡去
金刚碑，爱它的人们会放下戒备
会在自己的墓碑上刻下：
“向天借来的，都得还给天”

Z 先生

福建省闽江学院／雷艳艳

Z 先生今年与往年相比，没什么变化，除了年纪。
事实上，这玩意儿对他来讲毫无意义
尽管有时又表现出意义繁多

今年，他和大部分年轻人一样
守着一颗不安分的心，做一些安分的事
想喝酒，只想不喝
想女人，只想不做
想一切，只是想

他爱酒，特别是茅台
以前爱喝酒，现在只爱不喝
三年前某个时刻，当悸动盛满酒杯
他的姑娘没有答应他的告白
就在那一晚，一个人吹了两斤茅台
随后，嘶吼，呕吐，酒瓶攀附在床单上
倒下的那一刻，记得他大呼一声
我他妈再不喝这鬼玩意儿
从此，他和茅台结下了梁子
生产商开始讨厌他那副小二模样

他爱幻想女人，从年轻到现在
现在，他依旧年轻

他的女人，他曾为她而战
他曾搂住她，直到臂膀上的筋肉暴突
当夜晚来临，眼中的幻想变成了黑色的蛇
蹿进了他的胸膛，直至各处
最终，这条蛇没来得及陪他睡到天亮
他先它一步离开

他爱死亡，事实上
他在他年轻的时候就已经死了
在他渴求舒适的欲望时，灵魂里的激情随即被谋杀
此后，做一个影子
在模仿自己中找寻丢失的尾巴

他也像爱女人一样，爱着诗歌，可惜的是
嘴巴堆满了石子儿，说不出话来
在他这里，不生长故事
只能幻想几个结巴的词语在舌尖上小心翼翼行进
经过一番排列组合
一首伟大前卫的现代诗歌，就在他的舌尖上诞生了

他所爱的这一切会让他失控
但他喜欢这种失控带来的快感
只有在这时候
他才能感受到“鲜活”这个词语
于是，他继续他的幻想，打算就此溺死在里面

读面术（六首）

首都师范大学／郭紫莹

退休生活

玻璃杯砸到猫的脊背，倒立的
瀑布，淹没了手机震动，妈妈
火车已经开了，请别预报惊慌

用头发编制的圈套，围栏还没有闭合
披散开，盘旋；散开，修葺；散
家庭合影裱在相框里（她没在路上。）
挤压乘虚而入的秘密（她还在等谁？）

一根头发在鼻梁上垂钓
指甲在遥控器凹痕的灰尘中游走
另一根头发沾在窗户上
把城市的灰霾和鸽子分割
它是天线，运输旧日子，书信和盐

父亲的病历

父亲的病历本上，潦草的字迹
高血压。高血糖。高血脂。

他在忧愁的皱纹里挤出一句嘲笑
高一点也是幸福的
倘若自己的身高也能超标的话

我才是应该写在他病历首页的隐喻
我是他脊背上的肿胀
是他佝偻远行的手杖

今早我是两只刺猬

梦还没写完的须臾
空气是阴冷的蓝色
镜子里的我，在破碎的角度里
是一只刺猬，和另一只刺猬

我久治不愈的感冒
溺死在清晨的一滴积水里
抽纸比昨晚的厚度少了许多
刺猬的窝是纯白的
厚实又暖和

一只刺猬是我聒噪的左耳
另一只刺猬是我缄默的牙齿
一只刺猬拉开未来得及锁上的眼睑
向邮筒里投递面对世界的质疑
另一只刺猬蹲坐在井边
打捞我的舌头
沉默的答案是唯一的原理

它们一滚一停，一摇一晃

刺上长满夜半惊悸后的山果
储藏在春天的潮湿里
变成珍珠

一只刺猬说：“用我的刺
给你做一柄手工的梳子。”
在拥抱时为另一只刺猬
梳理
鼻尖细小的绒毛
两只刺猬的体重
是共存在体内的音高

今早，两只刺猬全都苏醒
理智告诉感性
一只比另一只起得更早

读面术

他们在两张隔着封面的扉页上阅读
他们在图书馆落灰的架子背面陈列
他们在椅子钢筋支撑与柔软坐垫之间挤压

他们开始相爱，变成柔软流出的火焰
他们各自为政，开始占有者的暴乱
他们恍然记得的确有人在凝视

他们用指甲画出书签的形状，
他们忍受着疼痛，用这种方式积累熟悉的回信
他们用冬天圣诞树的枯枝，做成心脏支架
——等待火山的循环，草莓果酱的味道

他们很久都没尝过。

除夕夜，他坐在我对面吃饺子

窗外的火光蘸满醋碟里的暗
滋滋烧水的袖口，烫和颤亲吻共鸣

除夕夜，我坐在茶馆吃饺子

鬼火和爆竹隔阂出的矛盾
类似于竹笋的根和笛子的眼睛
百科全书里的阶级，对立但是握手
封面塑封的三丛鬼火，说谎者、告密者和旁观者
他是其中之一，随意转换注脚的权利与生俱来
但是你只把他，当作不沾感情朗读的旁白

除夕夜，他坐在我对面吃饺子

当户口上的关系拆解于去年今日
他的西装萎靡（和煮烂的饺子称兄道弟）
拘谨的点菜（筷子在练习失重术）
一簇烟火和一场火灾开始对峙，
他和饺子明火执仗
一起烧成了坟头灰

他还坐在我对面，吃饺子

我终于可以用守岁做欺骗的说辞
心安理得地守他一整晚
岁，或者躲避黑与白的消遣

键盘携带者

伺机逃窜
蓝图上的建筑踩疼了狗尾巴
自我缠绕——正在点火的电源线
浪荡岛屿总是光滑，比如秃顶或者荒原

露台开始落土，松子逃进小码衬衫的圈套
水波纹窗帘，被压在潮汐里的雾霾做旧
名牌密谋逃窜，指示灯被迫点烟

如果倒瘫在地板缝里，成为窥探的鼠标
或者自己是一枚铜质印章，眉骨拓印
银质玻璃。用放大镜悬赏滥觞的坐标

Shift键和Tab键同时切换象形，
敲击声变得浓稠，粘住脱落的方形卵
携带者逃回母体，一刻不停地
扯上拉链

海油大街

广西师范学院/简卫杰

你没有见过深夜和清晨的海油大街
也没有细心地在当中散步和观赏栅栏里开出天堂般的花朵
两所学校里有众多的诱惑的花朵
尤指骚动的华北华科学院，尤其是在夏天

你没有见过这条深蓝的街道像海洋一样，两侧的船只有序地排列
也没有见过这条丰富的大街蕴含着像油田一样的矿藏
学生们蜂拥而至，放学之后的急切，入学的金秋怡人
涌向光秃秃的街道，少有的几棵树，站台的广告牌日新月异

你没有听过傍晚发动机在大街上嚎叫
很多人同时在图书馆思索一道难解的数学题
另外一批人在花天酒地，有机会还是不要待在海油大街
它像一条钢索，不是为了让人通过，而是将人绊倒

很多人在这条街道某处失掉童贞，割断青春的脐带
很多人得到收获，没日没夜地吆喝，像课堂的喋喋不休
你没有见过，多少人的爱恨纠葛和聚散离别
它已安然入睡，唯独留下镜子里的印象，旁人无迹可求

安全出口

浙江传媒学院 / 刘　渊

一扇门
在冬天的入口处打开着
静候高于地面的人
咽下汤药
咽下存折密码
咽下一生的荣辱
以及
来不及咽下电话忙音的
就咽下一块铁做的牌标

停　　电

闽南师范大学/李　博

黑暗，沉寂，虚空，不可捉摸……
我们仿佛受到了威胁。

可感的与虚无的，
显现的与隐藏的，
令我们恐惧的
是原始的黑暗
还是突然被夺走的光亮？

沉默的与躁动的，
苦闷的与欢乐的，
令我们不安的
是时间的虚无
还是我们那蠢蠢欲动的心？

是繁华表面的喧嚣
还是压抑背后的释放？
是表露
抑或是隐藏？

光明，浮华，引诱，若梦若幻……
我们仿佛受到了威胁。

给病中人（二首）

福建省闽江学院 / 吉嘉琦

给病中人

看，寂静里长出了触角
黑夜里，睡眠摘录了一个死亡的姿势

越发膨胀了，耳膜像个热气球
口水熄灭二手烟，风声推开了一月的木门

路过十二月的路灯，如一扇窗
借住枕头的沟壑，推翻了一个作家的白日梦

报数，数羊，身体的电梯反复循环
头疼，高处不胜寒

羽绒服增加了棉被的筹码
触角的利剑咄咄逼人

夜色在星河里吞云吐雾
头疼，为什么，非要有胜负

迷宫或提线木偶

留给黄昏的时间已经不多了
夜里的云在路灯下打起掩护
夏多惊雷，山中的浓雾未散
春雨迟到，溢出的城市表面
像个提线木偶，锣鼓中歌唱

细密的雨在人们的背上悬丝
稍微急促一些，拴紧的发条
道路泥泞曲折，射出的箭飘浮
模糊的靶心在天边打开机关
流露地面的镜像脚步中破裂

更多的碎片依附在了烟酒上
断片的人时常喜欢说起历史
白的升温，黑的在高潮熄灭
落脚的灰，打散了故事头尾
狼狈，夜晚的尾声进退两难

我原谅了一条河流的全部（四首）

成都艺术职业学院/朱光明

我原谅了一条河流的全部

当一条河流淌在自己的声音里

只和自己说话。我便原谅了它四季的面孔
原谅了它在春天的滥情
在夏夜的鲁莽，在秋日的窘迫
和在冬季的沉默

程序不可更改，生命更是无法选择
这是命运，是河流，
是我自己的
排队等着我的生命程序

从高处到低处，河流只需保持一种向下的姿势
遇到顽石，退让即可
遇到花丛，从容抽身即可。
遇到陷阱，往里钻即可，遇到悬崖，往下跳即可。

由此，我不再相信许多关于河流的说法
比如，一条河流从大地上无故消失
比如，一条河流在湖泊里郁郁而终

比如，一条河流汇入长江敷衍趋势
再比如，一条河流在入海口丢失

当一条河流从我的身边哗哗流过
在低处，呼应着我的内心深处的暗语
我便原谅了它的全部，
俗世中，我便有了我唯一的知音。

岷　江

以我从大巴山腹心的大湾梁，走出万源
借道达县，过南充，一直到成都的经历

我完全可以想象得到岷江从岷山南麓弓杠岭出发
流经松潘、汶川、都江堰，再到我们相遇的成都

这一路它是如何艰难走来
究竟遇到了多少坡坡坎坎，多走了多少弯路

眼前隐忍、缄默，水面一片苍茫的岷江
这让我想起我身体的疼痛，生活的悲哀

在成都，并非只有岷江失去了浪花
其实我的内心，也早已不再心潮澎湃

在岷江桥上，我害怕听人说起，到了宜宾
岷江将被卷进在长江的浪头，从此丢失自我

我更害怕有那么一天
我会卷入一片比长江更大的人海，来不及片刻的挣扎

小河秋意图

在我十八岁那年的秋天
小河沿岸的那群水鸟、野鸭
在我低头恍惚的瞬间
尽数飞走了。去了我不知道的远方
原野上，落英以一种决绝的态度
缤纷起来，凄美起来
还有两岸植物茂盛的枝叶
也在一夜之间，悄悄枯黄了
悄悄落下了
一天又一天，晨光将天色打开
暮色又收拢光亮
没有人告诉我
它们还会不会回来

在我十八岁的那年秋天
我的初恋不辞而别
像那个秋天里
所有离去的事物
令我伤感不已
在我十八岁的那年秋天
一个多愁的善感的季节
小河安静地流淌
我也没有哭出声

车过武汉长江大桥

车过武汉长江大桥时

人们纷纷拿起身上的手机
拍照留念，发微博、朋友圈
表明自己来过武汉
来过长江大桥

这种刷存在感的行为
并非今人才有
古人也会孤独
古人也会在石头上刻下
某某某到此一游

古人也好，今人也罢
他们的行为都在情理之中
风景名胜，大好时光
谁又不想留下它们
或被它们留下

古人也好，今人也罢
他们没有一个人
可以告诉我
我到过比武汉还要美丽的人间
我的存在感该如何来刷

静物之欢

甘肃天水师范学院 / 下弦月

沉睡的罐子醒了，
抖了抖身上的花朵。
静默的画框醒了，
将腹中的画布敲敲。
它们在深夜里切磋灵魂，
空气里每一处都流动着学术的味道。

叠起的碗筷扭起来了，
它们跳着踢踏舞，
消失在月光的脚踝里。
桌子沸腾了，掀起头上的布，
肆意挥洒头上的汗水。

未干的五彩颜料渐渐被热情融化了，
将画板融成了一片灰杂。
在初秋的夜里，
房间进行着一场静物之欢。

自成天地（三首）

四川大学 / 卿鸿宾

自成天地

世界要撕裂我们，
它拒绝融合，
因它本身是融合的。
我们拆散，
世界都孤独。
因这孤独前，
没人尝试过爱情。
异性相吸是宇宙的法则，
同性相斥也是。
当我把自己活成你，
我就望见了分离。
爱如胶似漆，
它黏合着两具空洞的肉体。
它在试图打破坚壁，
在创造生命的同时又
体会意义。
上帝不给人这样的机会，
宇宙不给，
佛陀不给。
孔子一个人挖着星空的墙角，

寂寞到众人都忘了他的模样。
人要变成人，
就要脱离襁褓。
但母亲的摇篮曲在耳边回荡：
乖孩子不要乱跑。
我有两只脚，
男孩是左脚，
女孩是右脚。
世界那么大，
我不想去看看。
因这世界本身就拒绝参观，
我也想向内取回方向盘。
我要和自己谈一场恋爱，
自己作一艘船，
因防止以后跟孟德一起，
在赤壁的夜里摇摆。

一个人雅望

我是山巅的一块石头，
屹立许久，
不曾诞出孙悟空。
我是海拔三千米的明镜，
内心清明，
只为摹拓天下所有情。
世上有一百种女孩，
谁会去爱上诗人？
世上有一百种遗忘，
谁最终先被搁下？
我的纹路被风雨雕塑，

我的质感被岁月打磨。
我是山巅的一块石头，
只为在合适的时候滚落。
可还要多久，
你和世界才会一起衰老？
可还要多久，
两颗心才会相遇相撞？
我在等待，
等到云染上天蓝，
等到鸟携了远方，
等到所有心都有处安放。
那时或许我又会安心做一块石头，
因为“所有人”总是无奇有偶。
剩我一个，
没有乔木也雅望天堂。

花　星

星是天空一字一句的告白，
可大地不懂如何串联起来。
落花是树一个冬夏的信函，
可流水不怜五六瓣的色彩。
我向每一道流星许愿，
又对每一朵落花悼念。
都是注定失败却还是勇敢，
都将与世界分别也很决绝。
只是在坠落的路上呵，
我希望风向你的方向倾斜，
让我从你的地平线划过，
将夜的花香洒落。

没有我不肯坐的火车

福建农林大学 / 黄鹤权

旧得就像刚从 1960 开过来
慢得就像一个哮喘病人
每过半小时　便牵着鸣笛声从一个站台中流淌出来
让杂乱和旅客出去，让形色各异进来

有人在窗口，品嚼着夏天旧时光的假象
——浓烟滚滚、潮湿、闷热
有人入木三分　伸出雾一样的情绪
和混合着汗味儿的嘈杂
被眼泪一晃而动的人　用别离的方式继续晃动着别人
列车员也在过道上　兜售着破旧的喉音、四十五元的午餐

我相信，单调的“哐——哐——”的声响
除了缩短空间，还能看到时间的奔跑；
我的奔跑、宿命、孤独和迷茫　在蠢蠢欲动

坐着火车爬向北京
我的无趣中忽然泛起一滴含有盐分的泪光

岭南之雨

华南农业大学 / 柳树林

简直最后一个世纪末，霹雳炸鸣
仿佛巨蛇缠绕在铁塔上，向宇宙吐着芯子
黑色染缸向下侧翻，覆灭了一切峥嵘与光亮
渺小的椋鸟在枝端，向天空厉声呼喊——
云烟浩渺，遮蔽了天空，阻隔了太阳光
世界在为自己举行悲恸的礼葬?
只剩下一条道路，一方街亭，一亭子的人
惊颤——雷与光在空中激战
吹断枝干的飒飒之风，使雷火燃烧更旺，暴雨侵袭亭子里
人们有的哭泣，或安静得出奇
（闪电划过）
沉思者早已不再沉思——尘土无须思辨
虚无伸出手掌，将与现实相握——
几个老头儿蜷缩在角落里，望着发白的道路，他们一声不响
大道上，一声长啸，有闪电正划过

飞逝而过的来不及（三首）

青海师范大学/马文秀

生活，原本一场肆虐

我偷存了你的手稿，不再联系
几千个日子里，鸟儿也无法抗拒这些温暖过的情话
生活，原本一场肆虐
极速、飞驰、硝烟……我所憧憬的一切
逆风而逃
砸碎一扇窗，抹掉那些灰色的心情
或者，在楼顶抽支烟
慢慢地，气散了，也忘了你
伤口不适合晒在太阳底下
别怕，腐烂不可怕
死亡，终究会带走一切

眸子里的潜水线

一场雪，终于让这个季节完整
也许，这是春天迟迟不肯醒来的原因
春风应该是温和的

寒气袭来，卧床的病人适合燃字取暖
怀念，只剩缄默

一种左边灯盏、右边黄河的日子

享受，一种失忆的状态

泛舟，秋叶飘零凝成一滴泪，
滴落了。接近另一种孤独，
拉近双手的距离，开始静默。
享受一种失忆的状态，只有此刻。
撇去，昨天、今日，不被喧嚣声淹没。
老去，恋上缅怀的时光。
一面镜、一把梳、一双手，足以回味一个故事。
喝着熬茶，回味路过的贵人。

我对生命的兴趣（二首）

安徽大学／甄凌云

丢失的马群

祖父的身体开始丢失右半边
他在睡梦里总是伸出左手
伸到半空中　想要抓住什么

祖父开始看着照片发呆
照片上的少年　身后有着乌云的马群
我才知道　祖父想要抓住的
是那片马群的生命

祖父开始渴望回到年少时的照片里
忘记了时间埋进尘埃里
而尘埃聚成了黄土　一层层盖在身上

药物堆起了祖父右边的身体
却怎么也堆不起祖父的马群
于是　梦里祖父的手依然伸到半空中
只是改成了颤抖的右手

我对生命的兴趣

我又看到你了　后来的日子里
我对一切感兴趣的事情感到羞耻
想要唾弃一切可以依赖的人
这是你给我最后的能力
是我收到的除生命最长久的礼物

而我对生命的兴趣都是我不曾得到过的东西
比如爱情　我从未遇见过和我一样纯真又肮脏的灵魂
于是所有的爱情在我看来不过是器官对器官的吸引

比如希望　我在恐惧中失败
也在失败中恐惧　忘记了哪个才是我先结交的朋友
我最感兴趣的事物是光
我在缝隙中长大　靠着微弱的光呼吸
才没被黑暗吞噬　终身活在阴影里

而那些微弱的光是我生命中全部的爱情与希望

小村生死记（三首）

江苏省南通大学/徐家华

卖白果树的钱

摆子叔是瘸奶奶的儿子。宝三爷死后，娘儿俩相依为命！
院子门前长了棵白果树，老几十年了。不远处，是三爷的坟。
摆子叔爱打摆子，憎人，骂人，得罪人。身子斜着，眼珠子也没正过。
乡人说他，脑子有问题，从小被打坏。是疯子与傻子的结合。
瘸奶奶的生活像块豆腐，摆子叔，这把菜刀，对着这豆腐：
也会钝了，锈着，而不忍切下。

摆子叔得病了，乡坊传开：是肝癌，晚期，没得治！
乡民的反应不一致。老一辈的叹气：
摆子命苦，又要步三爷的尘，可苦了瘸奶奶了！
新一辈的乐呵：
嘴不积德，死了好，死了倒也落得个清净。
娃子们像得了糖葫芦，都想看看摆子的死。
狗的吠声比平常多了些：似在可怜这村里不待见的说话人。

前几年买树人来谈，说得了去做景观。
摆子叔不肯卖，说老白果树是徐家的根，不能丢！
随着这病，树也被提上日程。一句话：卖！
价钱，三万元，决不能让。摆子叔从未如此坚定。
白果树被吊车拖走的时候，全村人都去看了：

院子多了个大窟窿，三爷的坟没了照顾。
摆子叔坐在地上哭，像是在说：根断了，魂也跟着没了！

剩下的日子，摆子叔像扯碎的几把白果叶子，空洞，无生气。
在落入泥土的那一刹，等待着一个生命的终结。
屋子里的灯亮了好几夜，院子里的狗也叫了好几夜。
邻居说，她听见了屋里疼痛的叫喊声，微微的哭声，啜泣声！
不眠的灯光，像是在对瘸奶奶说：“娘啊，我不想死！”
半夜里，灯熄了，人也无声无息地没了。
“摆子死了没有？”“看样子，是死了！”
“卖白果树的钱呢？”“在瘸奶奶身上——”

老光棍记事

芒叔死的时候，很凄凉的。躺在床上，眼睛都没来得及合上。
夜里下的大雨，成了送终曲。好端端的一个人，就这样没了，没了！
当破旧的瓦房上刚挤出一点阳光，村庄的人就从四方带着纸奔赴过来：
好好的一个人怎么就走了呢。敬老院都没去过，苦了一辈子。
送程的人排到了路上，堵住了车，堵住了猫狗，堵住了阳光。
瓦屋，晒场像块大石头，堵住了人群，心里空荡荡的。

柜子上有打翻的茶碗，地上有未扳开的药。
是心脏病要了芒叔的命，是该死的心脏病？
这背后的狠角色，大家都明白，只是不约而同地啜泣起来：
你说，老光棍的命，怎么就这么贱呢。猫狗好歹还有个送终的呢！
可苦了耿直的芒叔，累得眼珠子都没合上，就被无常叫去了。
火盆拿上，纸灰开始像水泡，咕噜直往天上冒。老茧的手，颤抖着，
终是把眼珠子合上了——

芒叔，孤单一个人，自己买酒，自己吃肉。

没事，到各家串串门，帮帮忙。到小卖部转转，搓几圈麻将。
谁家砌房子了，找他帮把手，搭个小工。最近，谋得个村保洁工的差事。
回到家，瓦屋，一条狗，猪场的猪叫，成了他生活的全部。人哪，
也就这样过来了，过来了！
芒叔喜欢我家的狗，给他送食，都是些主家的剩菜剩饭。有肉，有骨头。
芒叔看我瘦，送了几斤排骨给我吃。是他清晨到镇上称的，新鲜，有嚼劲。
奶奶说："芒子，做卫工了，好福气！"
"是啊，好福气啊。"

芒叔去世的那一夜，我梦到了死。
最后的葬式，是村大队安排的。众人都出了钱。
寿衣，冥钱，棺材，和尚，酒席，样样没落下。
人算是送走了。回家到坟头上看他，土覆了好几层。
柏树也植上好几棵了：还好不是乱葬岗，还好不是敬老院的公墓！
芒叔的死像个魔咒，在这块解体边缘的土地上，跃跃欲试着：
没有结局，没有答案！

老知青的一生

还是年轻人的时候，你义无反顾地去了东北。

为了建设，为了垦荒，你将自己的大半生都献给了农场，献给了国家。

从南到北，几千里的里程，寥寥的通信，只有无垠的星空，能够容得下你的思念，

如血的思念。面食你吃不惯，方言你受不了，风俗处事你不明白。你个异乡人，

被生活硬生生地拽入了历史的旋涡中。你想到过回家，回到母亲的身边，吃着母亲熬的稀米粥。

可你没有！勤劳韧劲，朴质善良，是这些乡人的品质带你渡过难关，融入现实，融入大众中。

面食淡了你的乡味，东北话淡了你的乡音，几十年的磨砺与熟悉，成就

了你“另类”的东北人！

你把家乡放在心里，和天空诉说，和大地诉说。说你根不变，说你还是故乡的人。

夫妻俩劳作，生活；煮炊，休眠。几十年来，孩子由降生慢慢长大，由婚恋而最后成家。

广袤的锦河啊，你可知你的欣欣繁茂，承载着多少这般的家庭，多少这般的努力，这般的疼痛！

每一处嫩绿的芽儿都浸满了血汗与泪水，你用枝繁叶茂来感愧。在说：生命是最好的礼物！

你接受作物的告白，欣欣不改色：从青年走过壮年，而慢慢逼近生命的黄昏。

你在等待，时刻准备，准备着回家的一刻！你要将儿孙带回去，带到母亲的身边！

你等到了，终于等到了。回到了家乡，梦别的，无数个日夜思念的家乡。

家乡变化很大，变得你都认不出了。方言几十年没说，都忘得差不多了。

饭食好久没吃，你都食不出味道了。你成了本乡眼中的“异乡人”！

你说：“没事，一切都可以重来，至少我回家了。”你的脸露出了久违的微笑，

而这微笑伴随着你的后半生！是的，你回家了！你学起了方言，吃起了乡食。

你去找故友叙旧，你和相邻聊天。你送接孙女上下学，你种着自家的一亩三分地。

你听收音机的板书，看电视里的戏曲。你用放大镜看古装书，为一家准备饭食。

多么惬意，多么安详的生活啊！你重又找到了那种生活，那种属于故乡的生活：

锁开了，一切就都懂了！你从未离开，你的心从未离开。

你看着孙女慢慢长大，就像年轻时候的你。从小学到初中，从高中到大学。

你的关切，你的爱抚，从未改变。你给孙女讲少年时的故事，讲母亲与父亲相遇的故事。

时光从房前屋后走过，走得很快！有点眷恋，有点失落。你想通过自己的臂膀，为儿孙，

在这片土地上，撑起一片绿林。抵住外界的烦恼，而获得故乡的欢愉。

“家乡的感觉真好！”这是你最想听到的一句话。至少说明，你没错，准没错儿！

故　事

山东农业工程学院 / 吴庆华

（1）青石板

某年某日的某时
裸露着肩膀的男人
挥动着有力的手臂抡起石镐
重重地敲下
古铜色，皮肤与阳光，一切深沉的色彩
沾满汗水的铁钳便深深地嵌入
沧桑了亿万年的大地褶皱
忍着痛
石灰岩的矿石
四四方方
方方正正
褪去灰白的外衣　留下深深的凿痕
汗水，滴落，绽成盛开的花
在刚刚成型的青石板上
嗨哟嗨哟
喊着号子的男人
在狭窄的山路上

（2）匠心

凿子木槌，从深山里开采的青石板
茧子，灵巧有力的手
梦里菩萨的模样
心中无限的信仰
在禅音袅袅的暮春，焚香沐浴的清晨
一凿一划
清脆的响声
是精钢撞击青石的轻鸣
一锤一道痕
一痕一故事
痕里有大道，一痕千山万水
直到千锤万磨
从四方的青石
脱胎换骨劫后生
拈花的姿态美丽绽放，轻衣飘飘
雕佛像的匠人
守着比岁月还古老的石头
唱着比大地还深沉的歌谣
不曾留下只言片语
只有一片独运匠心

（3）见证

湛蓝的天，晶莹的云
雕花的柩，镌刻的碑
高挑的屋檐，神秘的殿宇
大山深处的青石板

化为庙宇之上，不食人间烟火的菩萨像
庙宇里的香火
繁盛　繁盛　再繁盛
浸染了尘间的人情冷暖
太多太多
大地在颤抖
灭法的棍棒
从路尽头到路尽头
一个时代的浮华
也在一瞬间灰飞烟灭
菩萨像断成青石的模样
流离的经文在断裂的臂弯里
浅吟低唱
后来哟
幸存的僧人
只敢心里默念罪过的信徒
收集
聚合
悄悄掩埋于黄土之中
春风起，秋水落，茂盛的草长满山坡

（4）沉睡

埋藏古老化石在土壤深处
冰封飘浮白雪于世界之巅
大地的突起
大海的凹陷
是失落的沙舟
还是落拓的灵魂
禁锢的铁索紧紧拉住凿刻的痕迹

一个个没有羽翼匍匐前进的清晨
在春天的树长出柔嫩的芽
凝固在记忆里
那晨曦微露的远方
白茫茫的雾气笼罩着发黄的土地
遍地的野菊花
纠缠着长长的茎
在秋风里
人们口耳相传中
耕作了几千年的田地
埋藏着传奇

（5）重光

风在耳边絮絮地拂过
几根鲜花的神经
被风打包在野外
自由哟
又浅浅地浮起
大雨倾盆　落在土地上
放牛的人牵着牛
急急地往家赶去
穿过山路
回头望去
雨水冲刷的土地里
有低吟黯然的叹息
悄悄地注视着
一丝一丝
静静地沉淀着

一点一滴
沉默而无言
风吹皱了水，水叫醒了树
树开满了花
袅袅的青烟里
阴云流转，雾散月明
黑暗的尽头哦，是黎明
人们拂去千年的尘土
石头雕成的菩萨
在微笑

孤生夜游（二首）

湖南省中南大学 / 谢　聪

孤生夜游

我
游弋在这夜影斑驳阑珊的清泓里
月亮冷清
流星闪烁
取一捧泥土的酒杯
麻木一颗飘散在风中的骨灰
“及时行乐啊”
灯光对影子说道
因为他知道他们何时死亡

远处
一个流浪的疯子
独自思忖着
如何灌醉明天的太阳

秋　蝉

打碎枯寂黑夜的嘶嚎
在赞美昨日盛夏的阳光
他独自一人倚靠着

一片泛黄的落叶
失去了家人和朋友的
幸存的聒噪英雄
路过为他孤独生命叹息的行人
他说：
多么可笑

雪朝（二首）

福州大学/尹国强

雪　朝

黄昏的雪常常来得疼痛
年久失修的墙皮，久远的风景摇摇晃晃
过去我们围炉而坐
她给炉子添柴，煮酒，擦拭干净的壁炉
有时回头看我，面带微笑
从小木窗前取下故事

但日子突然地转身，疼痛的雪
一夜坍塌，干枯的麦秸瑟瑟发抖
炉火冷却下来，碎瓷片的尖叫令人惊恐
一场没有硝烟的战争摧毁整个国度
她沿着河道离开，过桥、决绝果断
我选择与父亲相依为命
空旷的生活从此行走艰难

自　白

二十岁于我过于奢侈，年龄狠狠地划上一刀
太早结束的青春，我很快成熟，老练，眼光看得长于别人
巴不得马上开枝散叶，扬花结果

但这有时是一种负担，我骨骼太轻，却背负太多，行走过于沉重
我的痛苦只能雪藏

关于面包和牛奶常使我失眠，我知道自己年轻，但衰老日盛一日
生活深深勒进我的肩，
一种沁至骨髓的无助时时降临，黑夜里无力地呐喊
灵魂在黎明到来前哭得撕心裂肺

时间的针脚

山东大学/徐韵捷

如果你忘记了什么重要的或者无关的事情，
那么你可以找个冠冕堂皇的理由搪塞，
比如，

时间的针脚真是乱得可以。

碎玻璃之街

浙江工业大学/金　萍

川流不息的马路
我站在路口
在地铁口和大地上的交接处

我看到
街上大肉串飘来的香气
诱惑着
露出肩膀的女人和露出脚踝的男人
我不认识路
哪里是出口　哪里是入口
都一模一样

我看到路灯下被亲吻的女孩
她的脊梁处开出了一朵花
那茎叶越来越长　越来越长
直到空气无法给予它生长的空间
就这样　突然
折断在了碎玻璃上
我低眼一看　这才发现
脚下全是碎玻璃
碎玻璃铺满了整条马路
而血红色的热气

汩汩流淌在透明的躯体中
却没有一人
能感受到疼痛

理智与情感

闽南师范大学/廖玲靓

我居住的，是长夏无秋。
在北纬23度，四季分界模糊的地带。
它总是，从炎炎夏日一下子跃进，无雪的冬。

我总认为，秋独爱我，
一想到黄昏的落叶，零落地扑打着我的窗户，
犹如敲开我十月一日的心，
而我搬一把椅子就坐在窗前，想要去写一首诗：

你爱我，
如冬日里的雪花，飞扬轻盈；
如寒冽中的暖阳，清澈透明；
是冻土下十七年的蝉，伏地深情。

然后我把这首诗埋进破碎的红叶，
用两个月的时间，
让这份热情，
冷却封冻。

一月份
在一个温度理智的冬日，
我到了光秃晶莹的红叶树下，
挖出冰冷的诗，再为秋来颂赞：
我也爱你，秋天。

给你的诗（二首）

广西钦州学院/唐利金

给你的诗

像紧握山中野果的猴子
难以和黑夜说再见
陪伴你的窗躲在暗处
正吮吸牛奶

是什么让你害怕？
第一，父亲的手与钟摆，寂静的
第二，鸟在建筑顶上，看不到星星
第三，已熟睡的情人
唤你的名字

玻璃挡住了房子外翻滚的风
像挡住舌头伸向白昼
你该早睡早起
爱上那些无聊的事物

妞的生日

一朵白云望着
另一朵云

太阳在看你
草帽下的天空
任一滴汗从脸颊滑落
母亲眼里路旁那花
是妞的模样

一个人的孤独不值得炫耀（四首）

山东师范大学/徐　晓

一个人的孤独不值得炫耀

总有一天，我会从混沌的梦中苏醒
在陌生的十字路口，我的孤独
离死亡的心跳更近了一步。那些
我爱或者爱我的人，吐出芒刺
一点一点，刺入我的心肺

这具善与恶交织缠绕的肉体，从来
不曾与任何人和解。像个傻子
我每天赤裸着灵魂，在盘旋的巨浪中迎风流泪
有人驻足观看，有人装聋作哑
这张幽怨的脸，该如何遮掩
尖细的羞耻，才能走过缓慢的一生？
该如何改造一个个退化的器官，才能
成为黑压压的人潮中最普通的一个？

更多的时候，我攥紧仅有的
一丝锋芒，沉默成一粒沙石
我知道，一个人的孤独不值得炫耀

她和他

她坐在落地窗前读卡佛的诗
爬山虎顺着墙头探过碧绿的枝叶
一小块阴影落在她的手背上
卡佛写给他第二任妻子苔丝的诗句
击中了她——
伟大的诗人从不吝惜说爱
她有些隐隐地羡慕那个女人

隔壁房间里传来低沉的民谣声
她知道他的心情不错
一整个下午，他们分别
沉浸在各自的世界里
桌子上那杯温热的普洱茶
是他泡好送过来的
楼下那条缓缓踱步的黄狗
是他养大的
腿上摊开的这本《我们所有人》
是他最近翻阅过并做了标记的

今天她所有的喜悦
都来自他
还有一点点伤感
来自她自己

那些令我恐慌的

从来没有感到如此压抑与恐慌

在医院，我的内心是时刻都被提起来的
我的每一滴血液都是沸腾的
每一颗细胞都是拒绝呼吸的
每一个毛孔都因紧张而瑟瑟发抖
而我见到的人，穿白衣服的
大多面无表情。穿赤橙黄绿青蓝紫灰衣服的
大多面如死灰，眉头紧锁

那些空气里四处飞扬的
消毒水气味，令我恐慌
那些自由行走的床铺，床铺上
雪白的被子以及被子下面
静静躺着的肉体，令我恐慌
那些随意穿梭如幽灵般的医生和护士
以及他们手中拿着的诊断书
和医疗器械，令我恐慌
那些写着“重症病房，不得入内”的
房间门口，那些庞大得能把人吞进去
再吐出来的高科技设备，令我恐慌
那些任何人皆可入内的住院房
拥挤的电梯、迷宫般的楼道，令我恐慌
那些夜间不关闭的房门，巨人般
悬挂在两个病床之间的帘子
以及半夜时分，护士进来查房
没有声响的脚步，令我恐慌
那张让我在晚上勉强躺下而
不能翻身的窄窄的折叠椅，令我恐慌
旁边病床上躺着的，因疼痛
久久不能入睡的母亲，令我恐慌

在医院，我多么想跟一个人聊聊
我的恐惧，我的脆弱，我的不安
我是多么想离开这里——
但我不能说，跟谁都不能
——这心底的秘密
常常令我在半夜惊慌地醒来

离别书

一如晚风自由穿过那些成排的悬铃木
那时候，我们年轻的脸庞上还闪着
细碎柔软的光。你在前我在后
你的影子紧挨着我的，而你的步伐
我却无力捕捉一毫。同样的无力
困扰着我——我寻觅不到一个精致的词

把你留住。人世的风向捉摸不定
而一个昼夜的长度，薄如蝉翼
我从不指望，移植的爱会翻山越岭
再赶回来，一如不指望
落到沟渠里的雨，重新
流回到天上。所以我必须保持沉默
或者干脆把目光转向别处——
一定要在你转身之前
闭紧嘴巴，咬紧牙关
绝不能放纵体内那条汹涌的河流
从眼中跑出来

我的一半是水（五首）

河南科技大学 / 王文鹏

夜半无人时刻

最先醒来的是风
再来是狗，最后才是我
散落一地的乐稿无人问津
我不是风或者狗
我只能看着它离开然后毁灭
我无理由
风对着苟延残喘的杨树唱了一夜
狗看着月亮叫唤了一宿
我盯着远处残破的乐稿无能为力
心里也没有一丝怜悯
凌乱的篇章总是会混迹江湖
那里有真正的爱与偏激
夜半无人时刻，风和狗都是安静地疯狂
只有我一个，像猫一样
躲在所有黎明前
眼露凶光，不擅音律或者言辞
窃窃私语或是沉默不语
曾经的一切都被淹没
于风的吟唱和狗的吠声中
除了我，无人知道

我是一座城

我需要再次拾起整个世界
包括理智与情感
需要拾起每一朵花、一块砖、一片瓦
需要一片海、一群人
需要一只不大的帆船、一个水手
需要一颗心　不大不小
足够装下一座城就好

有个流浪的老诗人告诉我
男人是水，是雨，是理智
女人是火，是风，是情感
而我是一座城
坐落在一颗心里
我的邻居是理智与情感
我的对面是开着花的城门
走出去会有一片海
一只不大的帆船正在其中漫步
你坐在船尾　手握着桨

我需要对世界说一句话：
那些老去的水火，早已交融

江　流

他死在每一条江流
我一一走过，如故事的开始
每一个按顺序讲下去的故事

都和将来脱节，他不倒流 我的每一个故事都是不可逆的前进
我的每一个细胞都是不可逆的前进
终于，他死于我故事里的江流
如果他不是唯一的一个
如果他不是死在江流
如果他出现在城市的街头巷尾
如果他出现在别人的故事里
爱便不再是毒药，而是解药
可是，没有
它只会越来越剧烈！
它只会越来越剧烈！
它只会越来越剧烈！
然后杀死我

我穿墙过去遇见正午的太阳

我穿墙过去遇见正午的太阳，看见
母亲的血流了一地，柳树饮下
一滴没有浪费，深见白骨的创口
泛着泥土黄，掌纹里稻香残留
柳树是天生的刺猬，占便宜不吃亏
可怜了母亲的三轮车，停错了地方
稻田里父母相互依偎，毛巾搭在头上
沾着血的镰刀躺在半干的稻梗上
他们弯曲的脊梁，干枯的肩膀
偏偏执拗，要去扛起沉重的生活

我的一半是水

你们不能明白我一人走在江上的感受

所有的火药都朝着我飞来，浮桥断了
钢筋背后的发电站吐出淤泥，昏黄
水坝的背后就是我，我和山在一起
山对面的棺椁有一具是我的，从很久以前
漂流的水道上的茅屋有一间是我的
有一块石头是我的，云也是，松树也是
于是洪水来的时候我活了下来
就在干枯的水道上面的破屋
谁也没有来看我，除了时光
除了坍陷的公路，除了我梦里的九畹溪
我的家门口有一株百年楠木
它承载着我的孤独，我看着它成长
也终究看着青山老去
我的一半是水，不远万里
我随青山一道离去，随三峡闻名于世

此梦无解（二首）

云南财经大学 / 一粒沙

和一碗粥里的南瓜干架

你未曾出现的每个清晨
勺子都在粥里与我倒戈相向
最后灌进我嘴里的
除了残渣剩片
就是稀巴巴的南瓜
南瓜经过牙齿时
还要猛开炮火
我舌头一顶，它就死无全尸
如果我吐了
它便死无葬身之地

松鹤寺里的钟

松鹤寺是安静的
如果我妈妈来了，一定会带我上香，拜佛
我蹑着脚，像只猫
潜了进去
最先看见我的
是一口钟
踱到那口钟面前

我伸直了腰
山下寂静的事物，更寂静了
我跳上去想要敲响它
催它
叫醒山下的人
“我想去敲钟”
从口中出来还未冷
就被周老师在冰冻之前斩断了

魏公村的幽灵（节选）

中央民族大学 / 马小贵

1

从学院西门吐出的人群中，像是祷告
结束夜晚开始流动。
从学院西门吐出的人群中，他向左。
向左还是向右？沿着琥珀般的城市
水族馆往下走去，复数风景盛极一时
成群结队，变动不居。或者像他一样
腹中带着并不体面的心事。漫步于
往来如缕的小巷中，熟稔如密道，经过
那些辉煌的广告召唤，因为守寡的红灯
在城市角落里占据了有利位置。披星
戴月式的天真火焰都已熄灭，他闻到
青年生活被烤焦的味道。停靠在一间
木屋酒吧的门口，等待昨天，信念像木屑
一样剥落。出租车为夜幕推出一道亮光
他一个人，悄悄溜向中关村南大街
迅速摆脱人群如一只燃烧的蝴蝶

2

提包的年轻人影子皱缩成午夜一点钟。

公交车在树叶上留下墨迹，那些远去的
灵感、亲爱缪斯和日益减少的朋友。
站在南大街的天桥上，随着时间的颤动
就像一枚过时的标签夹在成功学畅销书里。
当酒精在身体的禁区里肆虐，游走在贴满
小广告的城市皮肤，不可能存在一盏路灯
能提升你的黑暗。流星如革命般划空而去
你懊恼，你是只痛苦的蜗牛，徒劳地存在。
不远处搅拌机加足了马力，混合着平庸
和自负，轰鸣声如气球般膨胀。除了
偶尔带着醉意钻进一个个雕琢的句子里
因为清醒时，你深知你这颗庞大的
虚空之心，辜负了你的黄色安全帽
父亲，吊塔上的射灯刺穿夜空
新的一天，命运的光线是否会重归于好？

3

它蹲着，在一小片树林中，独居
胜过六月的云彩，优雅如哲学。
它蹲着，双眼眯缝，观察人间的
斯芬克斯，工业般的冷漠，任你
抚摸，像往事一般无动于衷。在
八号女生楼下长此以往，散漫的
学院花丛几乎是一种假象，黑云
推开夜幕，一只精灵跃入我的怀中
竟然是它、放大了瞳孔，示意一种
友善，为了被抚摸而肚腹上翻
柔软的毛发如芒刺在背，利爪
收缩，温暖的肉垫摩挲我的唇须

像是单身女邻居突如其来的问候。
就让我紧抱它道德的蛮腰，悉数
悲伤的波浪在空气中颤抖。领受这
甜蜜的火种并被它灼伤。哦，我不
知道，你将被囚禁、在它灵转的肋骨间
重生

6

傍晚，地铁咖啡馆，晚风像流言
一样，撩动那叮叮当当的歌声。
略显疲惫的服务员，和他随身
携带的问候；可能会令你失眠
整个晚上的摩卡加冰，品尝
她带来的饼干和奶酪，以及卡片
寓言背后的温暖。来自四号线
却像远方的朋友，朗读几句格言
她直言不讳喜爱加缪胜于狄更斯
感叹生活如海而海岸线太过漫长。
这是难得的约会，有时我们宁愿
就此消磨整个光阴。当我们陷入
沉默，看云雀消失，夜的脚步声
逐渐占领城市。窗外亮起的灯光
增多的行人，而火烧到云的内部
像她腹中必须倾吐的秘密。
哦，这盛夏的夜有盛夏的剧烈

8

为什么失眠总是在午夜惊醒之后？

月亮悬挂在灯火通明的自习室上空
六月躁动的歌声，夹杂的欢乐
和悲伤都徒有其表。我轻轻地穿衣
出门，寻找传说中的桑葚。一对情侣
在马路中间持续地接吻，忙碌地榨干
彼此。保安正在驱逐几个唱歌的年轻人
连同他们的吉他和仅剩的书生意气。
球场空空如档案，我对如此温顺的夜晚
感到恐惧，找到一排长椅坐下来
面前是平静的喷泉，白日里那些儿童
在此嬉戏，流连忘返，适合他们
汹涌的天真。此刻整个校园，一无所有
除了喷泉旁边的树以及树底下的啤酒瓶

9

跑！被封闭的学院之路秘密连接着
本地小巷。几个中年男人，光着膀子
喝着啤酒，手中的蒲扇如我们缓缓的
步调，这是对凉爽最好的诠释。整齐
排列的小户居民，散落其中的麻辣烫店
一对老人在路灯下博弈，盘旋的蚊蝇
如天使。风景连续掠过，我们是夜跑的
尤利西斯。经过万寿寺路一段幽深的
甬道，以为度过了这一年最艰难的
路程。
迎面而来的、咆哮的城市之风，西三环
北路上，发光的车辆汇成河流。我渴望
就此飞奔如冲浪。经过魏公桥，汽车
已停满了马路两旁的人行道：京爵会馆

中国银行、华夏良子，像是平静的海面
接二连三涌现的礁石。我们年轻的热情
几乎被耗尽。直到抵达空旷的南长河
公园，只有一个人在黑暗中彻夜垂钓

阳光没穿袜子

湖南女子学院 / 张佳羽

阳光没穿袜子
从对面楼上下来
脚掌　磨出了血
仍然在窗棂上踩
踩着深色的玻璃
向屋子里示爱
别那么没有朝气
你跟我来
之所以你不富足
是因为你太徘徊
之所以我奋勇奔跑
是因为我不想颓败
一天的距离有多长
我的脚步在迈
从天明走到天黑
有多少时间可以等待
等的等死了
跑的还健在

起风了（二首）

华中师范大学/张　朗

听　蝉

独自在阳台
听夏蝉将静默毁灭
如果厌倦，就看着东方
古建筑在喘息
枯瓦从不同的方向溯回
北面，连着墓地
我想起大雨中的黎明
一具棺材挟着尸体在尘世浮动
送行的人已经散去
墓碑长眠
宛若新生
在冗杂中，又一轮回

起风了

叶落的时候
起风了
沿着树的方向
飞去高空
在杨家湾的练车场

两架飞机低飞过
从同一个点
我不知它们去了何处
至少在那一刻
我们抬头的动作
保持着一致

徒步时分（二首）

广西民族大学/韦诗诗

叩 问

我确实坐在炭前
思考存在的意义
形式属于我，内容属于我以外的一切
比如血液里北国那束静穆的雪
点灯歇息，《饿马摇铃》古朴而悠扬
洁洁世界，莹莹白幕里一点火红
一点性感，一点牧歌式的韵味

醒来已是满床白雪
细细阅读身体上的一切线条
我独自沉睡于这沉寂的树林中央
怀想华灯初上时　那只跳跃的蓝孔雀
树在冬天格外饱满而深沉
仿佛灌注了这一生太多的苍凉

今年的雪来得早了些，恰如其分地冰凉
显示无惧本性的渴望和死亡
没有爱情的雪就没有生命
没有趣意

徒步时分

半个月亮　半边爱情
谷仓的气息尚未抵达宇宙
我们彻夜交谈
途中抽绎出生活的诗篇
蜡烛忽明忽暗　带有几分喜剧意味
人们早已习惯在常年居住的江边释放
常年湿润的情感
日日夜夜虔诚徒步

夜色之门被推开
疑问耸立上腾，源源不断
庭院虚空，唯有寂静牵来一窗灯火
向浩瀚星辰申请一隅
安放微不足道的影子
向田野申请一抔黄土
筑起内心的高地
时刻谦卑，充满形而上的宽阔

湿透的钟声
见证爱情的存在与不可占有
于夜昼交替时分拷问爱情
除了否定，还有什么方式得以永恒？

独眼少年

西安培华学院/侯思琪

独眼少年喝完了最后一滴酒
转身埋进了黑暗里面
他的背后是马克先生的十四街区
藏匿在十一点夜里的雾蒙蒙一片

独眼少年其实没有眼
他什么也看不见
他十四岁时用三枚硬币买了一只塑料假眼
从此被唤为独眼少年

独眼少年吸了吸鼻子
九月末的空气黏稠又讨人厌
十六岁的马琳达在黑夜里微微一笑
唤醒了他身上的荒原

独眼少年饥肠辘辘
耳边的汽车鸣笛他开始听不见
眼前的红灯变绿灯　红灯变绿灯
他站在斑马线的另一边

独眼少年的睫毛灰暗
弯弯曲曲地打着结
他在手心里画着我爱你我爱你
每天复习十遍

流淌的白玫瑰

重庆长江师范学院/方　倩

此刻，万籁俱寂
抽泣声打翻了童年的木盒
残角的贝壳片，半截风筝线
母亲未缝合的小鞋垫
散落在房间潮湿的角落

扇动蝴蝶的双翼
飞翔，从上至下
空中零落的白玫瑰
空气、光线、尘埃，恍然不识
只是从中穿越，完成了自己

这一次，遗失了儿时的钥匙
顺着来时的路，原途返回
最深的地方依旧静谧
没有一支白玫瑰能够安慰另一支

旧（二首）

云南昭通学院 / 李顺星

真不敢相信

“只有一吨的白云，才能堆成一吨的天空
那些游动的白云都是流水
一切没有白云的天空，都是河床”
真不敢相信，一个不懂得仰头的人
会说出这些，高高在上的风景
就好像，石头的脸部，永远朝下
却对你说，跨过它的，是邻村的猎手
并且准确地描述出，他的面部特征

用惯了人类的交流方式，便去找一面荒林
把耳朵，贴在地皮，把泥土，捧在手心
把百兽，放养在发丛，把流水，灌入身体
真不敢相信，每一种，都发出哀鸣

天空的天边，连接着大地，成为一个整体
真不敢相信，我赞同这种观点：
“我们踩着的大地，就是我们仰望的天空
我们仰望的天空，就是我们踩着的大地”

六教的顶楼，裂隙里长出了一些草

一出生，就成为水泥的囚奴
一出生，就成为大地的叛徒
真不敢相信，有些事物从一开始
便注定了你是正确还是错误

江水东流，日月流转
“总有一天，我们会变成
一些沉默寡言的泥土和植物”
——真不敢相信

旧

一张旧得发黄的纸上
囤积着旧的故事和黄昏
一个喜欢旧的女人
穿着高跟鞋
在旧式的楼梯上走个不停
她想让突兀的响声也旧下去
旧的东西充满旺盛的生命力
旧出裂纹的石头会发芽
旧的东西是时间的刀子
动不动，就往人心上切
旧的东西暗示着苍老，暗示着
人类要退回大地的子宫去
东后街的上空，鸽群
腾出一片天空，一些旧的鸽声和
飞翔的痕迹，就堆在里面
我反复歌颂旧
歌颂，旧的光阴如水
歌颂，旧的某年某月

脊背上的箭与太阳（三首）

重庆师范大学 / 韩　静

生，是被旱烟熏的浓

长江把这山，划成两半
枕着坝上晒的苞谷，看夜里对岸属于城市的灯火
父亲带着匠人正刷着水泥
我知道定是那骡子卖的力气
那是他作为非驴非马，还能独自生存的本领
这山黑暗的夜，又哪里有存在的感觉

我把尾巴藏进宽大的袍里
蹑手蹑脚，企图跨过这江河
水里伸出了一只手，我就没入河里
迷迷，眩晕
爷爷又坐我头边抽起了旱烟
心里腹诽这老烟鬼，也卷起了那皱巴巴的旱烟叶

汤圆，太阳

午时将近，奶奶开始生火做饭
干透的苞谷秆子，折断绾成打好结的小把子
送进灶膛里，热热闹闹地走完人生最后一程
个个汤圆球子从奶奶手中滚下锅里

腕上的木镯子撞到锡盆，咚咚咚地也撞着我的心门
我又添了一把秆子，汤圆就从大铁锅里盛到了我的饭碗

我在精打细算着碗里的汤圆
如同父亲精打细算“造砖房”的每一块砖
老屋的盖瓦着实是随了爷爷的年纪
光从缝隙跑下来
跑到我的饭碗
碗里，生出了一个个耀眼的小太阳

脊背生的箭，往往载着太阳

背篓里立着镰刀，猪草垛子上扎着剁刀
路过月亮田的时候，又看见父亲盖砖的身影
他赤裸着上身，在房顶身轻如燕
可奶奶却说——
父亲的背上长着一支箭

是河这岸的穷骨头
也是河这岸的翻身棍
土地里的岁岁年年，不允许有肥胖的身躯
这脊背上的箭，是劳动者骄傲的证明
我想起父亲背上的“汤圆”——别人说的骨节
哦，不——是太阳

它长在父亲的脊背上，长在箭弦上
我从猪草地里看过去的时候
父亲的身后还闪闪发着光

归　去

福建师范大学/陈　烁

扶起椅子
关上西边的门
将时间种在红色铜铃里
守着胡桃木材静坐
眼泪便从四面八方驶来

他吹起号子
一只麻雀被盗走了歌声
田里来的雁
盘旋一会儿又飞去

走过池边
晚钟的群星漂浮水面
凤仙花对天空开口
蝴蝶虽好
美丽却压弯枝头

想读经的时候了
指着幼苗
问它在哪一页发芽
成年以后
只爱现成的花朵
不关心幼芽

想过冬的时候了
遇见下一刻
蜗牛在树根底呼吸
胡桃木停在晨昏线上
果实来年还会长起

清晨五点
大雁将他驮在背上
几车铜铃驶入空门

朝阳将至
想拿一把梳子
顺下头发
剪断佛陀的吟唱声

流言与虫子（二首）

北京化工大学／程　谦

流　言

在有大块土地的地方
房屋们从来都不敢直视天空，
对视需要勇气
更需要一些生命力

正如乡下的老辈所说
一个村子里最先死去的
不是那些步履蹒跚的老人
而是钢筋混凝土和高楼

也有人说这些只是流言
最终会止于智者——
那些朝土地宣战
发下征服誓言之人。

可是在某一天夜晚
当我看到爷爷修的小木屋
躲在玉米地后面数星星，
我便更加肯定
这个流言始于智者

在乡下，最先死去的
是钢筋混凝土和高楼，
接着是砖房、瓦房，
最后是土房，
长生不老的
是土地和庄稼。

虫子

如果可以选择
我想我会做一只小虫子。
当我见到其他的脸
可以欢快地躲进菜叶里
或者是豆荚里，泥土里，
不管躲进什么都好。
虽然这样还是会见到别的面孔
但虫子们从不互相打招呼，
因为它们深深懂得
彼此尴尬才是世界上最好的默契。

路途（二首）

中山大学/黄　宇

路　途

我的身体里隐藏着一条陌生的路，抑或熟悉
它的笔直分岔出一个连着一个
羊肠小道，在路的边沿种下花朵
梨花在左，桃花在右
筑起一个在现实中充满诗意的村庄

我细小的步子默默行走在
路的边沿，聆听明媚阳光的絮语以及
漆黑的夜风
群山在寂静中连岳行走
偏僻的民房容纳着
外来务工者湖南四川的方言
我听不懂，就像不了解一段未曾公开的历史
躲藏在黑夜中的平房老屋
像巨兽般带着时代的印记伏在
我生命的边缘

当夜幕渐深
这路像星光中因仰望而疲惫的脸
远处灯火闪烁，像旧上海的夜

少了灯红酒绿，多了隐忍与期待
走进心灵的切口，是古老的唐槐树
落寞的老鸦，还是霓裳下乱舞的尘埃
当我行走的脚步穿过安静的星空时
月光平浅，百草照见村庄里的流年
身体里的路一直通向沉默却又喧闹的村庄

村口的那些人

村口边零散地坐着一些人
外来、入迁、暂住、务工
聚集在夜敞开的怀抱
像繁杂的星烁在世俗中浮动跳跃
如花荫下的旷世磷火
年轻的人们多想成为夏日里的一串水珠
在茂密的林间映照这荒芜郊野
伴随着清晨来自阁楼老人枯瘦手里的
一方点亮黎明的柴火
村庄开始背负着太阳忙碌
大地的苍穹隐匿在大汉黝黑壮实的
胳膊，圆润饱满的
汗珠像一条河流侧身而过
流向工地，土色的水泥，斑驳的钢筋，扬起的尘及田野的远方
久困的心，鄙夷的眼神，像一片羽毛，像挥汗如雨的隐忍
冰凉且有些湿滑，它诉说着沉默的故事

那个叫万州的地方（二首）

武汉大学 / 伯竑桥

下 午

下午四点我结束了一场烹煮
醒来手边似乎有雨在等

万物的回答还在喉咙里翻滚
阴天是世界说话的唯一方式

梦不仅俗，而且荒芜
无力感让旧原野老得理所当然

这一瞬，我把自己缓缓发泡
远方的木耳正穿过首尾倒置的森林

别害怕，如果厌倦这座孤岛
词语的洋流将送我们去陌生的子宫。

那个叫万州的地方

昨夜　阳光哗啦啦地重叠。
窗子　太多的窗子飞舞
蹚水而去　我遥远地凝望自己。

一条江　江上的天空开阔　阴沉得
那样好看。这也包括你的脸　那些弧形的灯火
为你燃烟。没有言语
尽管星期天的木屑味儿我们
都熟悉。
没有言语　我们没有　那些房间和
花，同样。看水　看鱼
不晓得几点的轮船　从你的袖口驶离
坐在没有腿的桌旁　黄昏
在桌上倾斜　沉入衣领　夜晚就这么来了
甚至不问一声“有人吗”。
有些东西也是如此。我多想就这么
沉默下去　但你轻声说：有一天我们
会离开　离开这个叫万州的地方
我们会有　更好的生活　也许吧。
这么说的时候　安静　从街道
向我们蔓延　江水爬你的脚。

丢失春天（二首）

贵州省铜仁学院 / 罗帮振

眼　泪

那个男人没有流过一次眼泪
这次，突然就倒下了。再也
支配不了身体，和灵魂的时候
躺在病床上。跟老树上
即将枯死的枝干一样，奄奄一息
我用新买的帕子蘸湿热水。拧干
反复擦拭他赤裸的身体和眼睛
眼泪就流了下来

丢失春天

春天老了。它的身子瘦成了白骨的形状
需要多做一些发芽的事情来用力弥补

弥补蝴蝶飞来的欢乐和低落的声响
弥补长满了潮湿又暗淡的清晨

弥补这个荒凉而荒诞的世界
弥补那些不求索取却依旧绽放的花香

可是春天死了，风雨开始
阴郁起来。在不属于自己的领域里独自伤悲

雨水总滴在凹凸不平的地方，高山上
风也吹打。吹打着初成的绿叶和树枝

把日子的黑白轮回颠转，错落成水田里倾斜的
稻穗。也在雨水滴落的时候疯狂抽长

只有等了许久的蜜蜂，还带着春天里的嗡嗡声
飞来飞去。飞到雨水密集的地方沉入水底

春天都丢了，采集蜂蜜的事情越来越少

月光灯

温州大学 / 曹瑞冬

我有一盏灯，
它一年仅有一次发光的机会，
当中秋的月儿最亮最圆时，
我的灯便和月光一齐升华。
它无法照亮回家的路，
却照清了所有人的孤独，
离别、恐惧，还有沉重的背叛，
罪，至死也不会消亡。
全世界只有我这一盏月光灯，
所有人像飞蛾般扑向它冷冷的火焰，
爱人、亲人，还有最初的自己，
全部都回到了我的生命中。

梦是悲哀的鱼

福建师范大学/吕东旭

在宽阔的人海中，我寻找安静
集结的痛苦一直形影不离
躯体过于狭小，那么两者之间
该保持进或退的何种关系？
冬日的寒风中，曾唤醒忧郁
渴望在阳光下跳舞获取欢愉
没错，我在做梦，梦见一条悲哀的鱼

你的幸福？——或者命名为来之不易
是孕育着的未来，沉吟的旋律
仅有的世界里充斥着尘埃
无数次堆积，在风吹之前
好以模糊不清告慰结局

黑夜，单人，贫民区，没有月亮
这些都不适合美妙的梦境
然而，憧憬着的思绪掠过如风暴侵袭
常常会变得忧愁，不知所措

我注定会爱上你，陌生人
感觉真挚却让人欺骗
我要点燃人与人之间的激情
水若混浊，那我们将无法呼吸

于是，冰川融化之后满怀期待
等候着春天又一次升起

那时，我将拥有两亩良田，一块菜地
孩子们在门前恣情游戏
我不会苛责，只是一直看着
清晨的露水伴着欣喜滴零

我将听见汽笛里辨认不出的声音
林间的蜜蜂感慨着忙碌
熟透的豆荚在阳光下爆裂
鱼儿吐出的气泡游上水面……
渐渐地，在脉搏规律的跳动中
聆听自己的呼吸，仅此而已

染　　发

湖南师范大学 / 王姣姣

母亲一直闹着要染发
说自己头发都白了
四十多岁的人了
四十多岁而已
当然，并不是去专业的理发店
就在门口，一张小凳子
母亲洗完头，安静地坐在阳光下
我看见一朵过早开满沧桑的花
父亲拿出两个塑料杯，一个小刷子
戴上透明的塑料薄膜
一戳就会破
熟练地蘸上染发液
几分钟后，坐在凳子上的人
便换成父亲
蘸染发液的人是母亲
时光无言交错

送饭（二首）

山西传媒学院/张　豪

白头鸟

屋子前的老槐树上
也有不多不少十几个鸟巢
一只白头鸟，不说话
自始至终都只有一只白头鸟
自始至终盯着太阳，落山
这时候外婆打开电视
坐在床头，不说话

送　饭

小时候，家里有两个保温桶
一个是给外公送饭的
另一个是给外婆送饭的
外公在山上砖厂上班
外婆在地里除草打药
有一天，我作业没完成被留在学校
以后家里就多了一个保温桶

孤独患者（二首）

广东工业大学 / 谢易珊

医　院

地板踏过医生发出急促的脚步声
病人躺着的病床痛苦地喘息和呻吟
呼吸机运转着马达进行着日常的工作
药水弥漫着空气的味道，地板摔在药瓶上
白色的墙贴在“请保持安静”的提示语里赫然在目

住院部第二十三层的重症监护病房外
墙靠着父亲佝偻的背
钢笔控制着颤抖的手在病危通知单上签上家属的名字

孤独患者

零点后
阳光、空气和水都已睡去
唯独孤独和梦魇还醒着

附录一：第七届“包商银行杯”全国高校文学作品征集、评奖、出版活动·获奖名单

一等奖（3名）

《寻人启事》（诗歌）	喻　武（首都师范大学）
《檐下客》（散文）	黄婉婷（华南师范大学）
《金刚》（小说）	崔　君（北京师范大学）

二等奖（9名）

《时间的秘密》（诗歌）	张　元（洛阳师范学院）
《来不及了》（诗歌）	易晓倩（北京第二外国语学院）
《缅因山》（诗歌）	陈钰鹏（中央民族大学）
《父亲的河流》（散文）	李析容（暨南大学）
《台湾笔记》（散文）	董　玥（江苏淮阴师范学院）
《雷腔》（散文）	黄　宇（中山大学）
《青鸟西去兮》（小说）	黄临池（吉林大学）
《无我》（小说）	王　文（北京师范大学）
《火山》（小说）	罗　淇（延安大学）

三等奖（15名）

《狭路相逢》（诗歌）	郑一建（福州大学）
《凉》（诗歌）	叶由疆（暨南大学）
《在一家咖啡馆的墙壁上看到的电影海报》（诗歌）	吴雨伦（北京师范大学）
《他们这一年》（诗歌）	左　手（重庆大学）
《十三岁》（诗歌）	黄燕花（华南师范大学）
《蚕》（散文）	刀　刀（山东省济宁学院）

《分不清的回路》（散文） 刘小笨（广东技术师范学院）
《象牙塔与精神病患者》（散文） 陶玉帅（河南省新乡医学院）
《爷爷，爷爷》（散文） 马晨薇（安徽省池州学院）
《虞山尚湖祭》（散文） 曹瑞冬（温州大学）
《佰伦斯之死》（小说） 耕　笔（海南大学）
《南方侦探》（小说） 索　耳（武汉大学）
《想飞》（小说） 鲁　静（西南大学）
《推轮椅的人》（小说） 聂　朦（河南大学）
《巫陵王》（小说） 程名科（云南大学）

优秀奖（90 名）

诗歌（30 名）

高　璨（湖南大学）
胡　游（湖南第一师范）
黄语蝶（江苏师范大学）
钟芝红（浙江师范大学）
乐　枫（江西省赣南师范大学）
阿　煜（甘肃林业技术学院）
刘思仁（广东省肇庆学院）
曾子芙（首都师范大学）
陈再雄（贵州民族大学）
刘自豪（北京电影学院）
廉　荆（上海大学）
祁连山（南京视觉艺术职业学院）
丁　鹏（北京大学）
秦原姑（西安外国语大学）
张　升（兰州城市学院）
西　克（甘肃农业大学）
李啸洋（北京师范大学）
覃东院（广西河池学院）
李国兴（山东理工大学）
倪广慧（西安外国语大学）
甜　河（同济大学）
陈浩文（中国社会科学院）
刘亚兰（重庆长江师范学院）
北　鸽（闽南师范大学）
李健辉（湖南科技大学）
陈　越（山西师范大学）
黄维盈（湖北大学）
梁茹雁（云南省楚雄师范学院）
贾假假（天津城建大学）
南　来（浙江传媒学院）

散文（30 名）

徐　晓（山东师范大学）
朱　弦（湖南第一师范学院）
高宇飞（北京师范大学）
朱盛榕（广东省外语艺术职业学院）
高　璨（湖南大学）
年问问（中国科学技术大学）

刘　鑫（湖南涉外经济学院）
慕　秋（北京师范大学）
毕　雪（中国海洋大学）
王云超（北京大学）
陆娇晟（上海中医药大学）
王明宪（上海外国语大学）
王磊斌（中国矿业大学）
许应田（南通大学）
阿　亭（中国科学技术大学）
郑金波（广东工业大学）
王瑞源（中国药科大学）
刘秀林（北京师范大学）
伊　诺（黑龙江大学）
未　名（西安建筑科技大学）
聂　朦（河南大学）
柳下舟（南通大学）
赵晓迪（东北师范大学）
孟思佳（福建师范大学）
沈子渝（长安大学）
徐夕婷（华南农业大学）
程　帆（安徽省铜陵学院）
许仁浩（武汉大学）
苏　雅（西北政法大学）
缪君妍（苏州大学）

小说（30名）

张艳庭（同济大学）
苦　岩（贵州师范学院）
陈小手（北京师范大学）
石圣哲（东北师范大学）
夫　子（河南理工大学）
钟晓琦（浙江传媒学院）
明　久（德州学院）
郭渝峰（浙江大学）
李伟兴（湖北文理学院）
刘东草（重庆大学）
刘海若（沈阳理工大学）
鱼　骨（衡阳师范学院）
哑　马（贵州民族大学）
王卓雅（乐山师范学院）
戴建浩（韩山师范学院）
范密莎（西华师范大学）
廉　荆（上海大学）
话桑客（浙江传媒学院）
张宁馨（内蒙古工业大学）
郝　瀚（中国传媒大学）
辜玢玢（南京师范大学）
芳庆圆（吉林华侨外国语学院）
凌　恒（集宁师范学院）
陈　作（浙江传媒学院）
唐小林（北京大学）
秋刀鱼与安德烈（石河子大学）
张　亮（中国人民大学）
王逸驰（中国人民公安大学）
佳　枣（复旦大学）
宋文静（北京师范大学）

组织奖（20名）

北京大学：五四文学社
广东省肇庆学院：湖畔文学社

清华大学：清华文学社
中国人民大学：中文新世纪
中国传媒大学：青果文学社
北京师范大学：五四文学社
首都师范大学：鹿鸣演颂文学社
中央民族大学：朱贝骨诗社
贵州民族大学：黔风文学社
中国医科大学：静轩文学社
山东师范大学：陀螺文学社
重庆长江师范学院：文学院
洛阳师范学院：文学院
闽南师范大学：文学院
广西师范大学：采薇文学社
西安外国语大学：文学院
福建师范大学：文学院
湖南科技大学：人文学院
华南师范大学：文学院
浙江传媒学院：文学院

参加“包商银行杯”全国高校文学作品征文的同学请登录作家网（www.zuojiawang.com）查看详情。

附录二：第七届“包商银行杯”全国高校征文诗歌评委签名

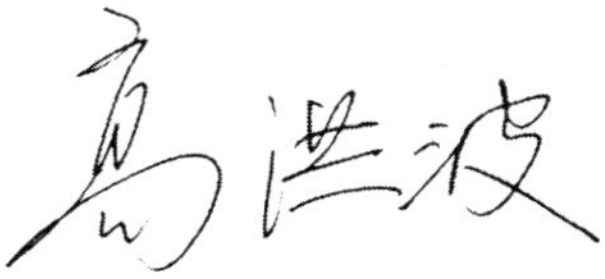

高洪波　全国政协委员、中国作家协会副主席

叶延滨　中国作家协会诗歌委员会主任

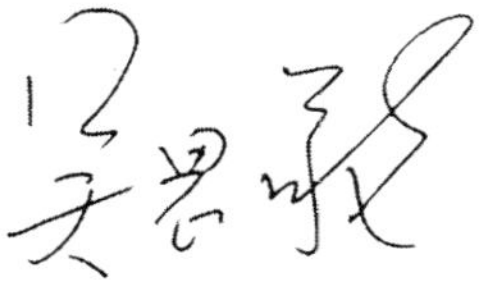

吴思敬　《诗探索》主编、原首都师范大学文学院院长

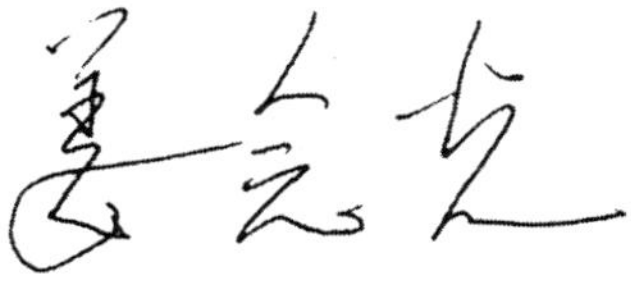

姜念光　《解放军文艺》主编

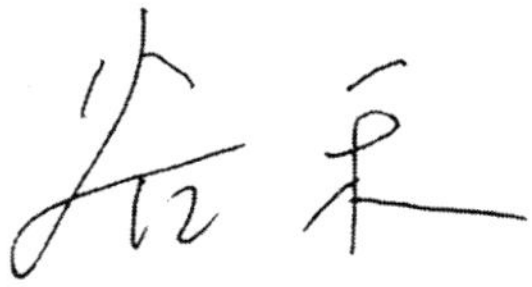

谷　禾　《十月》诗歌编辑

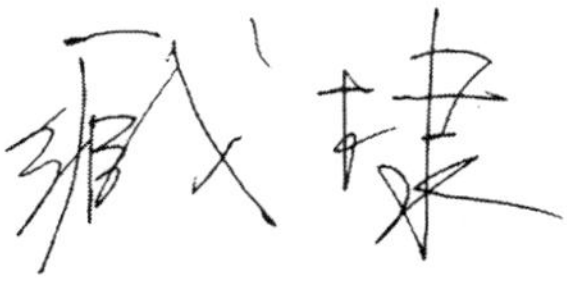

臧　棣　北京大学教授

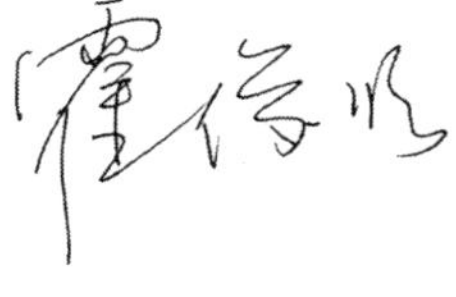

霍俊明　中国作家协会创研部评论家